来小书厨房住一晚

[韩]金智慧 著 千日 译

桂图登字：20-2022-154

Book's Kitchen © 2022 by Kim Jee Hye
Cover Illustration © 2022 by BANZISU
All rights reserved.

Simplified Chinese translation copyright © Jieli Publishing House Co., Ltd., 2024
Simplified Chinese translation edition is published by arrangement with Sam & Parkers Co., Ltd. c/o Danny Hong Agency through The Grayhawk Agency Ltd.

图书在版编目（CIP）数据

来小书厨房住一晚 ／（韩）金智慧著；千日译 . —南宁：接力出版社，2024.3
ISBN 978-7-5448-8392-4

Ⅰ．①来… Ⅱ．①金… ②千… Ⅲ．①长篇小说－韩国－现代　Ⅳ．①I312.645

中国国家版本馆 CIP 数据核字（2023）第 228702 号

来小书厨房住一晚
LAI XIAO SHU CHUFANG ZHU YI WAN

责任编辑：马　健　陈　楠　　文字编辑：曹若飞　　美术编辑：许继云
责任校对：李姝依　　责任监印：刘　冬
版权联络：金贤玲　　营销主理：蔡欣芸
社长：黄　俭　　总编辑：白　冰
出版发行：接力出版社　　社址：广西南宁市园湖南路9号　　邮编：530022
电话：010-65546561（发行部）　　传真：010-65545210（发行部）
网址：http：//www.jielibj.com　　电子邮箱：jieli@jielibook.com
经销：新华书店　　印制：河北鹏润印刷有限公司
开本：880毫米×1250毫米　1/32　　印张：8　　字数：198千字
版次：2024年3月第1版　　印次：2024年3月第1次印刷
印数：00 001—10 000册　　定价：49.80元

版权所有　侵权必究

质量服务承诺：如发现缺页、错页、倒装等印装质量问题，可直接联系本社调换。
服务电话：010-65545440

目 录

写给中国读者的话
楔子　**邵阳里书厨** 　1

第一章　**奶奶和夜空** 　7
第二章　**再见，我的二十岁** 　47
第三章　**最佳路径和最短路径** 　77
第四章　**仲夏夜之梦** 　109
第五章　**十月的第二周，星期五早上六点** 　145
第六章　**初雪、怀念，以及故事** 　183
第七章　**因为是圣诞节** 　203

结语
　一、星光和风停留的时刻 　242
　二、一年前的今天 　246
作家感言 　250

写给中国读者的话

亲爱的中国读者们：

当得知《来小书厨房住一晚》即将在中国与读者们见面时，我的内心久久无法平静。很难相信，我写的邵阳里小书厨房的四季故事居然也有翻译成中文跟大家见面的一天。在我印象中，中文一直是一种十分神秘而又充满魔幻的语言，因此当见到《来小书厨房住一晚》如此轻易地跨越连我自己都未能战胜的语言障碍时，我内心的激动真的无法用语言来形容。每每想到《来小书厨房住一晚》陈列在中国的一间间书店里面的场景，我就有种化身为电影主人公，即将迎接美好结局的感觉。

我很喜欢中文词语中的"缘分"一词。众所周知，缘分是一种以精神纽带为基础，将人们连接在一起的力量。如果让我用一个词来描述自己在《来小书厨房住一晚》中想要表达的东西，那它肯定就是"缘分"无疑了。我希望大家能在邵阳里小书厨房的四季访客们和坚守在那里的员工们的身影中，遇到属于你自己的缘分。另外，也祝愿大家能在那些故事的"行星"中，发现属于自己的秘密基地，并在那里感受到真正意义上的纽带感和归属感。

金智慧

楔子　邵阳里书厨

　　凌晨的雨夹雪落在梅花树枝上，留下一抹潮湿的痕迹，转眼消失得无影无踪。依旧有些苍白却带着些许暖意的阳光洒落在树枝上，照得周围的空气逐渐松软，仿佛干燥、生硬的冬天脸蛋上有一丝春天的气息在蠢蠢欲动。

　　下午两点，柳真正检查瓷砖地面的卫生情况，下意识地抬头看向窗外。为了去除新房装修后的异味，她打开屋子里的玻璃窗进行通风，而此时，她忽然闻到从窗外飘进一股淡淡的芳香。一棵矗立在窗外的梅花树仿佛在向她打招呼般，晃了晃浅绿色的枝叶。背阴面的树枝上结满一团团含苞待放的花骨朵，而朝阳面的树枝上则开着一朵朵挂着晶莹露珠的小梅花，宛如刚从睡梦中苏醒的婴儿，抬着白皙的下巴。

　　柳真走向窗边，推开了纱窗。一尘不染的纱窗很顺利地被推开。迫不及待地，从山脚下吹来的风儿如同波涛般起伏着灌进屋内，伴随的还有屋外那梅花散发的隐隐清香。柳真突然发现自己好像还是头一次如此近距离地观赏梅花，于是不由得更加认真地打量起眼前这一簇簇如同雪花般的花朵。雪白的花瓣跟打扫完卫生的邵阳里书厨的地板颜色如出一辙。视线越过梅花树，那里有一条条为迎接图书主题旅馆开业而提前清洗的洁白床单在风中轻轻摇曳。不知是因为刚刚闻到的梅花芳香，还是因为床单携带的衣物柔顺剂的香味，总之柳真现在的心情就如同眼前的梅花花骨朵一样，变得软绵绵的。

柳真转过身子，百感交集地环顾被一圈书柜围住的书厨内部。由于订购的书籍尚未到达，挨着天花板的高大书柜此时仍是空空的，看着像是样板房里摆着的样品，而原本应该摆着书籍的地方，只有一盏盏日光灯在镇守着空旷的舞台。

"这片空间里很快就会充盈油墨香味的。"

这时，墙上一片用透明胶布贴上的A3规格的纸张映入眼帘。它是柳真绞尽脑汁构思出来的房屋设计图。上面到处都是用铅笔和圆珠笔记下的标注和各种变更事项。皱皱巴巴、显露旧象的设计图在周边一尘不染的新建筑内显得十分突兀。柳真伸出手摸了摸上面的铅笔字迹。她有些不敢相信一直通过设计图和3D效果图来观看的建筑物居然能够在现实中建造出来。

"邵阳里书厨"是图书销售、举办各种活动的书吧与提供休息场所的图书主题旅馆结合的产物，共分为四栋房子。其中，图书主题旅馆占据其中的三栋房子，而且均为二层的独门独院的别墅；剩下的一栋房子则专门用来经营书吧，而它的二层则改造成了员工宿舍。另外，这四栋建筑均连通着中央庭院中的玻璃温室植物园，即这四栋房子是以十字型的造型分布在庭院的四周。

书吧的四面都是玻璃墙，因此顾客们可以透过四周的落地窗，欣赏到邵阳里最真实的风景。比如在柳真现在的角度，视线穿过梅花树之间的缝隙，就能看到远处连绵不断的山峦。柳真痴痴地望着那如同少女起舞的裙摆一样的柔和线条，有些怀疑自己是否置身于梦中。在作为首尔本地人的柳真看来，由四四方方的高楼大厦和24小时便利店、连锁咖啡店及纵横交错的地铁网络和大型住宅小区构成的城市显然要比眼前的邵阳里更给人一种真实的感觉。

"柳真姐，快帮我看看挂得正不正！"时佑在屋外喊道。

"哦，等一下！"

柳真抬起右手关上纱窗，再将左手中的卷尺揣进围裙兜里，健步如飞地朝着门口走去。此时，时佑和亨俊正站在邵阳里书厨旁的书吧门前，不停地调整着头顶的横幅角度。

两米长的横幅上写着"邵阳里书厨即将开业 4月1日起接受房间预订"的字样，下面还留有电话号码和网络社交平台账号。

"嗯，感觉还可以。等等，我拍一下照片看看。"

说着，柳真就从工作围裙的前兜里掏出手机，然后很随意地拍了张照片。毕竟只是为了确认横幅挂得是否板正，所以她的内心并没有太多的想法。然而此时的她又如何能体味到，几年后再次看到这张照片时，自己那百味杂陈的心情？照片中，时佑辗然而笑，刘海在风中肆意飞舞；而亨俊则保持着他万年不变的"冰山"表情。

柳真的表弟时佑和邵阳里本地员工亨俊的性格可谓天差

地别：一个热情似火，一个冷若冰霜。性格活泼外向、交际能力强的时佑和淳朴内向、特立独行的亨俊就像跷跷板的两端，属于两个极端。看着猴急地跑过来确认相片的时佑和一副事不关己般不疾不徐地走过来的亨俊，柳真想着要是能把他们两个人的性格中和一下就好了。

"时佑，右边是不是高了？"

时佑低头仔细看了看手机屏幕，回答说："嗯，也许吧。也有可能是原本库房的地基有点歪，所以看起来有点高。"

"亨俊，你觉得呢？"

"我觉得嘛……感觉还可以。"

"是吧。"

时佑和亨俊相视而笑，随即默契地击掌庆贺了一下。每当看到这种情景，柳真都有点怀疑他们是不是一魂双体的双胞胎。

柳真看着他们的身影莞尔一笑，扭头打量起眼前这座位于连绵不断的山峦下的邵阳里书厨来。由四栋房子组成的现代建筑就如同游戏中的道具崛起于旷野中。一时间，柳真都有种"分不清今夕是何年"的感觉。随着过去十个月的记忆也被一一唤醒，她感觉眼前的一切更像是被自己遗忘掉的某个梦境的一角。

如果有人问她为什么要在乡下开一家书馆，她多半说不出个所以然来。尽管过去柳真经常像口头禅一样表示自己退休后，一定要找个山清水秀的地方，整日以书为伴，但她做梦也没想到自己会在三十二岁之时就来到邵阳里，经营一家书吧和图书主题旅馆。

不过当柳真正式决定要购买邵阳里的地皮后，事情的进展可谓一日千里。她先是注册了个体工商户，然后为支付预约金，仓促地处置掉当前住着的公寓。为了申请土地抵押贷款，她焦急地等待银行的贷款审核结果。甚至连手上的股票都抛空了，用于支付审批费用和建筑工程费用。为了获取咖啡厅的经营许可，她接受了相关培训。后来，她又觉得自己作为书吧的老板，起码得了解关于咖啡调制的基础知识，所以又考取了咖啡师资格证。另外，她还曾跟时佑介绍的建筑设计师一起熬夜分析建筑设计图。除此之外，筛选书吧所需的书籍、马克杯、记事本、环保购物袋等商品，并找相关生产企业逐一下单也是一件十分费神的事情。在此期间，她翻遍无数装修杂志和参考资料，同时在网上琳琅满目的商品中千挑万选，订购自己心仪的家具和小道具、照明设备和电子产品。

就连起"邵阳里书厨"这个馆名都让她琢磨了两周多的时间。当初在给这家书馆起名的时候，她突然想到每一本书各有各的滋味，而且兴趣不同的读者所品尝到的滋味也不尽相同，于是她就给自己的书馆起名为"书厨"，希望自己的书馆能像厨师给客人推荐美食一样给读者们推荐符合他们口味的书籍，让他们品尝美食的同时享受读书的乐趣，从而得以从平日里紧张的生活状态中解放出来。另外，她还希望自己的书馆能成为一个喜欢读书的人们聚在一起相互吐露心声、彼此给予安慰和鼓励的场所。终于，柳真内心的风暴渐渐平息了下来。等回过神来，她便发现自己不知何时已经踏入一个陌生的世界。

饥饿的感觉袭来，柳真突然发现从早上到现在，自己好像除了一个硬邦邦的甜甜圈和半个苹果之外就没吃过任何东西。原本快递那边通知说书吧订购的书籍上午就能送到，所以柳真本打算等接收完东西后再去吃午饭，但没想到一直等到下午两点都没有见到人影。邵阳里书厨暂时没有在导航地图上显示，所以快递员找不到地方而送货延迟的情况时有发生。柳真停下用手翻看平板电脑的动作，扭头对正在激烈论战的时佑和亨俊说：

"看来书今天是没戏了，不如我们现在回到市里吃点东西，顺便逛一逛超市吧，正好亨俊你也可以顺道回家。"

《冬季里的一周》

[爱尔兰] 梅芙·宾奇

> 这里是一个适合思考的地方。来到海边，你就能感受到自己的渺小。你会发现自己的存在无足轻重，一切都能找回它应有的比重。

第一章

奶奶和夜空

对于初中时期的多仁来说，参加选秀已经成为她周末的日常活动。不，应该说占据了她几乎所有的日常时间才对。尽管时常会听到唱功不错的评价，但不具备艺人资质的议论声也长期伴随着她。这一点多仁本身也很清楚。每当对着镜子看着那有些婴儿肥的、只涂抹了防晒霜的脸蛋，多仁就会不由自主地想起在选秀现场看到的那些拥有华丽外表的女孩。她们明明没有整容，但一个个都长得像芭比娃娃一样精致。走在大街上，无论男女老少都会有意或无意地关注她们。每次到了选秀现场，多仁都会像粉丝看到自己喜欢的艺人一样，如痴如醉地望着那些长相俊俏的女孩。有时，她甚至怀疑对方是否在某些培育英才的学校接受过专门的教育。

当初多仁以"戴安"的艺名在一家小型唱片公司出第一张专辑时，基本没有人去关注她。毕竟现在的音乐市场，每年都会有数十个偶像组合出道，但除了其中寥寥几个组合，其他的都会逐渐泯然于众。那些不受人们关注的偶像组合，只要过了几个月，就会像古老的墓碑一样，渐渐从人们的记忆中淡去。更何况多仁所属的唱片公司还是第一次培养新人歌手。虽说公司里也有五六个行业经验丰富的职员，但无论是营销手段还是包装风格，都无法像大型娱乐公司那样做到心中有数、面面俱到。相比之下，她所在的公司氛围更像是一个大学社团。花费好几个小时，经过"这种方式怎么样""那种方式好像也不错"的讨论之后，大家一致认为多仁不适合走偶像路线。这一点十分明确。

当时的韩国音乐界正处于女团"美味"横扫舞台的时期。每次提到偶像都离不开有关"美味"的话题。她们个个都拥有芭比娃娃一样纤细的身材、能让人骨头酥软的"电眼"和撒娇手法，以及让人迷得神魂颠倒的微笑。"也是。我还真算不上什么偶像。"看着她们，多仁本人也不得不承认这一点。但在这样的时代里，若不把自己塞入偶像行列，多仁真不知道该如何定义自己的身份。虽然也想过把自己年龄小的特点写到营销方案里，但当时比她年纪更小的、正准备出道的孩子们也比比皆是。而单靠"外貌比较可爱，唱功胜过玛丽亚·凯莉[1]"之类的宣传显然很难吸引人们的关注。另外，当时多仁还未开始作词作曲，所以更无法以"唱作人[2]"的名义进

---

[1] 美国当代女歌手、词曲作家、演员、唱片制作人。——本书脚注若无特别说明，均为编者注

[2] 又叫创作歌手，既是歌手也是词曲作者，是指在流行乐坛能够独立进行词曲创作、具备一定演唱实力并能参与音乐制作的歌手，这类歌手演唱的音乐作品基本以自己的原创作品为主。

行包装。

然而以"戴安"身份出道三年后，多仁却一举登上"国民妹妹"宝座。多仁所拥有的最强大的武器便是她认真倾听别人劝告的态度和出众的口才。有一次，多仁作为替补参加一档十点的广播节目，结果那天的节目很幸运地达成一周最高收听率。后来广播节目的PD（节目制作导演）邀请她成为那个节目的固定嘉宾，在之后的六个月里，她又陆续成为五个广播节目里的固定嘉宾。

多仁柔和的语调往往令嘉宾们的故事变得更加出彩。另外，通过广播传出来的略微沙哑、可爱的语气，更是让听众们产生一种在跟好友聊天的错觉。多仁的可爱就像巧克力松饼，虽说是全心全意制作出来的，但能看得出有一种厨艺生疏的感觉。多仁温暖人心的话总是能让嘉宾们受到治愈，更何况还有节目的亮点——献歌环节呢。在这个环节，多仁完美地演绎了需要高超唱功才能驾驭住的歌曲——玛丽亚·凯莉的"Hero"；而她一边弹原声吉他，一边用甜美的声音唱"Lucky"的视频则一经上传就在网上爆火，甚至被网友们冠以"传奇"的名号。

她首次进入排行榜前十的歌曲名为《春天》。这是一首爵士乐风格的歌曲，讲述的是一个在便利店打工的姑娘，梦想在春天里到摩洛哥旅行。这首歌曲跳出韩国流行音乐惯有的节奏和旋律的定式,风格接近独立音乐,但又具备大众歌曲的要素。这首歌曲刚刚发布时并没有引起多大的反响,但后来,一位男团成员在参加综艺节目时唱了一段,结果情况便出现了反转。先是高中生在修学旅行①时组团跳《春天》伴舞的视频火了起来,然后这首歌又被广告商看中,作为手机广告的背景音乐使用。于是在专辑发布的第三个月开始,《春天》便一路逆袭。后面的过程就像水到渠成一样无比顺利。再之后,多仁的新单曲《我只要你》一经发布就登上音乐排行榜第一的宝座,而且霸占了整整一个月之久。在网上,她的MV(音乐短片)点击量创下历史新高;无数广告商向她抛出橄榄枝。精明的广告商们很快便意识到多仁就是他们苦苦寻找的那种拥有朴素的面孔和天籁般纯洁歌喉的歌坛新星。

多仁有些飘飘然,感觉自己仿佛飞上了云端。要知道,在三个月之前,"戴安"还是一个寂寂无闻的小歌手,但如今,周边的很多人已经开始认出戴安。她成为各综艺节目争相邀请的首选人气艺人,各种专辑的合作邀请也纷至沓来。她的歌在海外的反响也很不错,曾一

---

① 是一种通过旅游来学习知识、增长阅历的旅行方式,在韩国大、中、小学十分普及,已经形成一种教育制度,几乎每个韩国人在学生时代都参加过各种类型的修学旅行,类似我国近年兴起的研学游。

度登上iTunes①亚洲歌曲榜的前几名。突然暴增的粉丝几乎将多仁当成了无所不能的神。

多仁不禁感到有些害怕，因为跟三个月前相比，她自己并没有什么变化，但全世界对待她的方式却发生了极大的转变。多仁还发现人们对她的实力感到惊讶，因此她的一举一动都会引起人们的热议。她开始谨言慎行，生怕这些人气是一戳就破的泡沫。

时间就像一首欢快的舞曲一样飞快地流逝。所谓的顶级明星的头衔，多仁已经保持了整整八年。在大众眼中，多仁始终是一个"可爱少女"的形象；或者说，他们希望多仁是一个像七彩的马卡龙一样甜蜜的少女。在歌曲MV中，多仁穿着带有褶皱的连衣裙跳着欢快的舞蹈，脸上尽情地露出可爱的笑容。也不知现实中有多少男性粉丝是看着多仁的视频熬过孤单的情人节的。多年来，多仁一直都是青春少女们憧憬的榜样。

但事实上，相比花纹连衣裙，多仁更喜欢穿纯色的卫衣。在录音室的她表现出的是比较容易沉浸在自我世界里的性格，而非维生素广告中所表现的那样，是开朗、活泼的性格。即使回到十几岁时，她也不会因为收到可爱的玩偶和圣诞蛋糕而欢呼雀跃；相反，那时的她更喜欢一个人深入地思考人生和死亡的意义。不可否

---

① 是一款供苹果手机用户使用的免费数字媒体播放应用程序，能管理和播放数字音乐和视频。

认，在父母眼中，她同样是一个可爱的女儿，但也绝非是一个爱撒娇和说话啰唆的女儿。相比同龄人，她更成熟、懂事，所以不会时刻表露自己的情绪，但也会细心地为周边的人着想，并在他们需要的时候默默地给予帮助。

不知是否出于这种缘由，总之她时常觉得自己在广告和综艺节目中的样子太过矫揉造作。另外，她生怕某一天人们对自己的关注和关爱会瞬间转变为批评和指责。

这个星期四难得没有日程安排。多仁很想多睡一会儿，但最终还是拖着疲惫的身子，从床上爬了起来。昨晚一直辗转反侧到凌晨三点才好不容易入睡，加上之后又连续做了好几个梦，所以这一觉她睡得很不舒服。

在梦中，多仁在广播直播的时候迟到，穿着高跟鞋在狭长的楼道里卖力地奔跑，随后场景又转变成多仁主持的脱口秀现场。梦中，多仁愉快地讲解着什么，但不知为何嘉宾的脸色越来越难看，最终变得面无表情。多仁压下心中的惊慌，镇定地主持着节目，而一旁的屏幕上正播放着她此时的面部特写。

多仁一脸惊慌地从睡梦中惊醒。梦境的最后一幅画面如同云雾般在她脑海中消散。多仁半眯着眼睛走出卧室，顶着凌乱的头发，打开了电视。画面中，有着完美妆容的自己正面带无可挑剔的笑容侃侃而谈。节目结束后插播的MV片段中的自己是那么天真可爱、楚楚动人。

多仁突然觉得电视中的自己很像一个没有灵魂的躯壳。此刻，她的内心十分混乱。虽然成为歌手是她一直以来的梦想，但她并不觉得自己唱歌是为了获得人们的关注。多仁一直认为自己是靠属于自己的音乐风格和相处方式收获了听众，但这显然是一种错觉。不知从何时起，戴安已然成为大众的"收藏品"。

当天晚上，多仁躺在床上，耳边突然响起心跳的声音。声音起初像从远方驶来的火车轰鸣声，但很快就变成火车从身边经过的声音。她的呼吸变得急促起来，感觉有什么东西在黑暗中渐渐勒紧自己的脖子。她能清晰地感受到自己的呼吸变得逐渐微弱，直至完全停息。

等多仁察觉到自己是在做梦时，她已经成为被关在玻璃箱子里供人们观赏的动物。她先是成为逗得孩子们哈哈大笑的小猴子，然后又变成年轻人喜欢的帝企鹅。最后，她还成了动物园中人气最高的熊猫，不明所以地咧嘴傻笑着。玻璃箱子完全透明，可以三百六十度无死角地进行参观，而且还允许手机直播，甚至可以让观众们像挑选游戏装备一样给她更换衣服、发色及装饰。然而那里并不存在可以让多仁倾诉内心的惊讶、悲伤、愤怒及孤独的地方。

＊＊＊

她有点想念自己的奶奶。奶奶的性格跟多仁完全相反，是个天生的乐观主义者。即使遇到不高兴的事情，她只要在阳光下散一会儿步，就会抛掉所有的烦恼和忧虑，迎接新的一天。如同惊涛骇浪般的情感变化很难在奶奶身上看到。奶奶永远都像一个在平静无波的湖中划着船的老翁一样安闲自得。

对于多仁来说，奶奶的手就像一个热乎乎的暖炉。每当多仁拖着疲惫的身子去看奶奶，奶奶都会露着慈祥的微笑，无言地轻轻抚摸多仁的肚子。

事实上，奶奶基本没有听过多仁的歌。多仁开始崭露头角之前，奶奶的耳鸣就很严重，变得不爱收听和收看广播、电视节目。不过多仁反而很庆幸奶奶没听过自己的新歌，因为周边永远少不了对她的歌评头论足的人。奶奶对多仁的爱是无条件的。每次看到孙女心情不好时，奶奶都会默默地伸出自己的大腿让多仁躺在上面，然后用粗糙却格外温暖的手轻轻地拍打多仁的身体。

在奶奶的抚摸下，多仁很快就会入睡。在那一刻，无论是刮过韩屋屋檐下的风，还是在鼻尖萦绕的浓郁的炖汤香气，又或者是远处狗的吠叫声，甚至是天边被夕阳染红的积云，仿佛都在催促她快点入睡。多仁能够清晰地感受到奶奶乐观、开朗的能量传递到自己身上。每次在奶奶身旁入睡，多仁都能睡得十分安稳，而且往往一睡就是十个小时。起来后，多仁就会跟着奶奶在村子里遛弯散步。她会在村子道边购买成箱的水果；有集市的时候，她还会到那里买"大妈裤"穿。从集市回来的时候，她也不忘打包两份汤饭作为自己和奶奶的午饭。至于配菜，她通常是从奶奶家前院菜园子里摘些生菜和辣椒，然后从酱缸里舀一勺大酱或辣椒酱，再撒上一些芝麻碎和芝麻油，蘸着吃。

　　来到邵阳里是她一时冲动而做的决定，因为多仁自己也清楚奶奶并不在这里。她的奶奶在三年前进入疗养院，而且早在一年前就已经离开人世。奶奶之前生活过的、有一百五十年历史的四座韩屋早就卖掉了。一方面是为了支付奶奶的住院费用；另一方面是韩屋的修缮费用并不是一个小数目。多仁记得曾听妈妈在电话里说过，奶奶住的那座韩屋两年前就被挪到其他地方，成了某知名韩屋酒店的一部分，而原来的地方只剩下那座承载着她童年回忆的仓库，等待着拆迁。

　　那座仓库可以说是一个矛盾的结合体。整座仓库只有一扇紧挨着天花板的木框小窗，所以即便是在青天白日，里面也是乌漆墨黑的。在她的印象中，仓库里始终散乱地堆着一些旧书桌和装着大米的麻袋，而最里面则放着一个巨大的螺钿①衣柜。在跟小朋友玩捉迷藏的时候，只要她打开衣柜藏在里面，其他人十有八九找不出来。因为朋友来仓库找人的时候，往往看到黑漆漆的空间里堆放的旋耕机刀轴、曾经养牛时留下来的牛鼻环、不知名的书堆、巨大的相框及盖着灰尘的运动器材等物品就会吓得顿住脚步，然后头也不回地走掉，唯恐里面蹿出什么吓人的东西。

邵阳里书厨即将开业
4月1日起接受房间预订
包含安慰和鼓励的书籍的厨房。阅读、写作及分享的图书主题旅馆&书吧。

多仁呆呆地望着横幅上的标语。下面还写着一行说明："包含安慰和鼓励的书籍的厨房。阅读、写作及分享的图书主题旅馆&书吧。"横幅在眼前猎猎作响，但陷入思绪中的多仁却仿佛感觉不到风的存在。

多仁轻轻地叹了口气。若是早点知道动迁的消息该有多好。这样她就可以买下奶奶家的宅基地，以后无论是用来建别墅，还是用来当工作室使用都可以。不过爸爸却并不希望她一直挂念着奶奶。他希望女儿能记住

---

① 是一种在漆器或木器上镶嵌贝壳或螺蛳壳的装饰工艺，也用于金属和其他表面的装饰。除了可以放置衣物，螺钿衣柜也是一种珍贵的艺术品。

奶奶，但不希望女儿一直沉浸在对奶奶的思念中走不出来。

去年五月，住在美国的大伯一家和在西班牙经营旅馆的三伯一家来到韩国。平时各自为生活忙碌奔波的八兄妹一致决定卖房子分钱。毕竟逝者已逝，生者如斯。多仁的爸爸也清楚多仁患有失眠症的事情，尽管尚未察觉到女儿患有惊恐障碍，但至少希望女儿能看开，及时将关于奶奶的回忆藏于心底。多仁也理解爸爸的心情，所以在他们决定卖房时并没有心生怨恨。

只是偶尔，她也会想回到这片曾沾染过奶奶气息的土地看一看。远处山脚下的阴影处，一团团梅花花骨朵在冬季的荒凉与黑暗中蠢蠢欲动。那一条条树枝上错落有致的花骨朵宛如抿着小嘴的少女一样欲言又止。

记得九岁的多仁喋喋不休地向奶奶阐述自己在梦中成为歌手的事情时，奶奶只是莞尔一笑，然后提议下午一起去市场买麻花给她当零嘴。当时奶奶心中是否也有很多话要对多仁说呢？

无论是曾经牵着奶奶的手前往集市时经过的小路，还是远处那连绵不断的山峦，都没有变化。唯一的变化是多了几座陌生的建筑。风擦着陌生的建筑和横幅经过，仿佛在警惕它们，发出一阵喧嚣声。那座承载着她与奶奶记忆的韩屋已经消失不见，代替它的是由四栋建筑构成的现代风格的四方形建筑。它的房顶是木质结构，宽敞的露台从外面也能一览无余。

矗立着的四栋四方形建筑的旁边是一座不到两坪[①]的厢房，被改造成一间精致的咖啡馆。咖啡馆的屋顶为深棕色，四周都是通透的玻璃墙，可以将里面的咖啡机、咖啡豆、咖啡杯及托盘等物品尽收眼底。看得出这是一间只支持外带的咖啡馆。原本菜园子所在的前院已经变成庭院。庭院的里面摆放着一排排精致的花盆；中间则是一顶印第安风格的帐篷，只是不知是否为装饰物。整个空间的布局时尚、温馨，但多仁看了之后却不知为何心里莫名地发堵。

这时，一阵乘着阳光的风伴着淡淡的香气吹来。多仁疑惑地扭头张望，最终在咖啡馆的一旁看到一株凌空伸展枝条的小梅花树。它跟当初奶奶悉心照料时没什么两样。又一阵风吹来，梅花树的树枝在风中轻轻摇曳，仿佛在跟多仁打招呼。多仁不由自主地朝着梅花树走了过去。

梅花树的高度几乎跟咖啡馆屋顶的高度齐平。走近之后，多仁发现咖啡馆的基石有些眼熟，而且只有露出来的部分被磨得光滑，感觉用的是旧仓库原本的石头。直到此时，多仁才发现梅花树旁四面通透的咖啡馆其实就是由原本的旧仓库改造而来。此地的主人在未动旧建

---

① 坪，韩国常用的面积计量单位，1坪约等于3.3057平方米。

筑基础结构的情况下，利用四块大面积的玻璃将其改造成富有现代风格的咖啡馆。望着眼前磨得光滑的基石，多仁感觉有种说不出的滋味涌上心头。

多仁其实并不怎么喜欢春天。春天百花争艳，仿佛要忘掉冰冷荒凉的冬季一般，尽情地绽放着自己的美丽。说到春天，大家都会赋予它希望、挑战、新的开始等积极的含义。但在多仁看来，春天花儿盛开不见得就是自愿的，而且它们说不定依然还记着曾经的黑暗时光。哪怕明知结果惨不忍睹，依旧想要以自己的方式孤注一掷地履行着名为春天的本分。

大部分人感慨春天带来了希望。他们告诉多仁，到了春天就该踩着抑郁和失败、挫折和失落重新站起来；还说要告别过去，树立新的希望和目标。世界期待多仁能像迎接春天的新建筑一样露出闪耀、优雅的笑容，也告诉她不要再留恋被人舍弃的旧仓库之类的东西……因此，多仁也理所当然地认为旧仓库早已消失了……

然而它并没有消失，它只是换了个样子，依旧陪伴在梅花树旁边。光滑的基石始终保持着沉默，像是在回忆过去的种种。多仁咬紧嘴唇，极力控制住想哭的冲动。她感觉奶奶随时会出现在眼前，然后一如往常地抱着她，轻拍着她的后背，埋怨她为什么这么久都没来看自己。多仁不由得想起奶奶曾经说过的话：

"梅花呀，它就像等待春天的孩子。冬季里一直翘首以盼，等到春天的气息在山坡的那头影影绰绰地出现，就会迫不及待地绽放开来。要是此时春寒未尽、雨雪霏霏，花瓣就会被淋湿，那楚楚可怜的样子更添我见犹怜，所以奶奶我很喜欢梅花，因为将它放在身边，我也会跟它一样期待春天的到来。说起来，它还是能最先察觉春天来临的植物。那种不畏春寒、竭尽全力盛开的傲气真的很令人钦佩。"

***

"你好……是许珍雅作家吗？"柳真放下手中的大纸箱问道。

许珍雅作家已经事先跟她约好，等图书主题旅馆开业就过来住两天，算是给她捧个场。这也算是书馆营销中的一环。对方在今天早上给她发来短信，说下午五点左右会抵达书馆。而此时看到一个女人站在邵阳里书厨前发呆，她便下意识地认为是许珍雅作家提前到了。

听到柳真的询问，站在前方的女人有些局促地转过身子说：

"啊，我只是路过……"

柳真不由得认真地打量起对方的容貌，因为眼前的人莫名地给她一种熟悉的感觉。像是在看慢镜头一样，对方的容貌渐渐变得清晰起来。虽然近几年已经很少看电视，但从对方那洁白如玉、吹弹可破的脸蛋和能把单调的黑色风衣穿出模特气质的特点来看，多半是明星艺人之类的无疑了。这时，抱着纸箱跟在柳真后面的时佑突然顿住脚步，惊愕地喊道：

"咦？戴安你怎么来到这里……不是吧？太难以置信了！"

时佑把手中的纸箱放到地上，激动得有些语无伦次。看到正捂着嘴巴，难以置信地连连摇头的时佑，对方反射性地露出一抹从容的微笑，显然面对这样的情况她早已习以为常。

看到开口询问自己是否是作家的女人，多仁感到有点神奇，对方居然没能认出自己。不过多仁已经意识到对方就是购买自己奶奶宅基地的人，原本悬着的心也落下了，因为从她的话语和和善的眼神中可以看出对方是一个性格稳重、安静的人。如果奶奶看到她，想来也应该很满意。

这一刻，多仁突然有种把沾在身上的泥巴甩掉的感觉。她露出一丝微笑，但这种微笑并非是站在铺着红地毯的音乐颁奖典礼上时或面对化妆品广告拍摄时露出的那种微笑，而是一种如释重负的微笑。

"啊！你是说这里曾经是你奶奶的家？这也太巧了吧！"

"是的。记得小时候，我想爬上后院里的柿子树，但爬了一半就失足掉下来，摔了个四脚朝天。秋天的时候，我会跟姐姐一起去山里捡板栗，而且一捡就是一整天，连小手被板栗壳儿上的刺扎伤了都顾不上。还有一次，我挥舞着捕虫网要抓蝴蝶，结果一脚踩进了牛粪里。"

多仁绘声绘色地讲述自己小时候在邵阳里奶奶家的点点滴滴。柳真站在一旁竖耳倾听，脑海中慢慢勾勒出对方童年时的场景。最终，一幅喜欢穿背带裤胜过穿连衣裙的淘气包小女孩爬树、摸鱼、掏鸟窝，即使踩到牛粪上也能咯咯发笑的画面定格在她的脑海里。

"感觉就像回到了奶奶家里，我都没有一点儿陌生的感觉。"

"确实是，看得出戴安小姐你的心情很愉悦。哈哈。"

"哦，你可以叫我多仁。至少在这里，我希望大家能这么称呼我。以前无论是接受采访，还是写日记，我都没什么机会回忆过去，但今天回到这里，我的脑子里就一一浮现曾经在奶奶家里的各种回忆，甚至还能回想起曾经在这附近溜达的场面。"

涂有灰色条纹的马克杯中飘出浓郁的美式咖啡香味，再加上从附近华夫饼店买来的肉桂华夫饼和核桃奶油蛋糕的香气与之融合在一起，不禁让人更加胃口大开。多仁抿了一口咖啡，扭头四处打量了片刻，最终把视线停在窗外的梅花树上。

"我记得那棵梅花树，我奶奶很爱护它。每次奶奶坐在屋外地板上择菜的时候，她的身后始终能看到那棵梅花树。我还记得奶奶告诉我，它是最先察觉春天到来的树……"

多仁靠近玻璃窗，目光灼灼地望向窗外的梅花树。片刻后，柳真来到她的身旁，伸手打开了窗户。

"那三棵梅花树，我从一开始就没想过要动它们。看得出它们的年份并不小，而且打理得也很漂亮，心想留着赏心悦目也不错。原本这里是一间仓库，是吧？我就是在尽可能保存它原貌的前提下修建的这间咖啡馆。"

"嗯，看出来了。基石还是原来的那个。话说刚刚看到它的时候，我差点哭出来。小时候玩捉迷藏，我经常会藏在这里。"

看到多仁喜形于色的样子，柳真也由衷地感到高兴。

"对了，提议把原来的仓库空间改建成外带咖啡馆的人就是他。这里的一号员工——时佑。"

听到柳真的介绍，多仁便朝时佑露出灿烂的微笑。时佑像是青春期的少年一样腼腆地笑了一下，但目光一对上多仁的眼睛就乱了分寸，扭扭捏捏地一句话都说不出来。看到时佑局促的样子，柳真不由得掩嘴偷笑。多仁再次向时佑道谢后，接着道：

"我每次来到奶奶家里就睡得特别香。其实，我患有失眠症。至于病因，我至今都不清楚。看过医生，吃过药，但也只是暂时有效，过段时间又会复发。但我只要待在奶奶身边，就会忍不住犯困。我奶奶三年前去了疗养院，不过在一年前就去世了。后来我睡觉时经常会梦到奶奶家。晴朗的白天，奶奶穿着一身好看的韩服，站在那里朝我微笑，然后不知从哪里飘来小时候去过的栗子树林的气味，而我发现自己所处的地方是一个被暗淡的紫色和红色侵蚀的世界。然而一想到奶奶的家已经不在了，我就感到莫名地惋惜和伤心，于是在凌晨时分醒来，然后就那样睁着眼睛一直等到早上太阳升起。"

"原来是这样……"

虽说这件事情并不是柳真的错，但她内心依然感到有些过意不去。毕竟每个人的心中都有一份想要守护的回忆，而她觉得自己的行为在无意中毁掉了对方的回忆。柳真开口说：

"其实，我的感觉也跟你的差不多。刚来邵阳里的时候，我也感觉像是有人在哄我睡觉一样，每天都睡得十分安稳……"

多仁认同地朝着柳真点了点头，嘴角也不由得向上扬起。二人似乎回忆着什么，双双陷入了沉默。多仁感觉这片空间很温馨，仿佛仍然残留着奶奶的气息。

多仁温和地笑着问道：

"哦，对了。你怎么会想到买这里的地皮呢？自从旁边的新吉里通了高速之后，我以为不会有人再对邵阳里的地皮感兴趣了。"

柳真辗然而笑，脑海中不由得浮现出一家小小的华夫饼店。

***

"难道就没有什么其他办法了吗？"

"时间太仓促了。今天是五月十二日，但你要求在六月一日之前签完合同。这怎么可能嘛，老板。"

被称作老板的男人脸红筋暴，拿起桌子上的水杯灌了一大口。对方身上的银灰色西服看着很高档，但穿在他身上明显小了一号，显得有些别扭、滑稽。华夫饼店的老板娘在厨房频频侧身向他们观望，似乎在考虑要不要在双方打起来之前介入调停一下。

涨红了脸的男子接着说：

"我记得早在一个月前就告诉过你，我们兄弟姐妹估计只有这段时间能相聚到一起吧？一个月还是往少了说，我看都有三个月了。等我大哥一家人回了美国，下次再回国指不定是什么时候了。唉！"

原本轻声细语说话的男人似乎也有点不耐烦了：

"我们也是尽力了。周边能问的地方都问过，就连其他地区的熟客也问了一圈。后来我一个大田①朋友的

---

① 全称"大田广域市"，是韩国六大广域市之一，位于韩国中西部。广域市相当于我国的直辖市。

朋友说对它感兴趣，我还特意抽出一天时间，专门陪对方看地，说得嘴皮子都磨破了，但对方回去之后接连一周都没有消息，直到昨天才通知我说不打算要了……"

这个一脸歉意地进行解释的人是一位看似四十多岁的男人，长着一张方形脸，一对大大的眼睛显得十分和善。虽然气温不高，但他一直频频用手擦着额头的汗，而且他的脸颊略微泛红，看着确实像是被农村的烈阳晒伤的样子。不过他说话轻声细语，加上语速也不快，所以在面对说话又快又粗鲁的穿着银灰色西服的男人时，总给人一种底气不足的感觉。

"不是，我是说你当初多带几个人去看地，现在不就没这么多事了吗？我们一家人想要一个不落地都聚到一起不是一件容易的事情。我母亲去世已经百余天了，要是这次不能解决问题，我们兄弟之间说不定真会打起来。"

"老板，你的意思我们也明白，但我们也是尽力了，不然也不会联系其他地方的人过来看地。不说别的，光是带人过去看地的次数就有二十多次。"

也许是被对方油盐不进的态度给惹恼了，男人的回答也开始敷衍起来。

"那些人到底为什么看不上我们家的地？"穿着银灰色西服的男人拉过椅子，向前倾，微微斜着身子问道。

"谁知道呢？你也知道他们平日里有什么想法都是藏着掖着……我猜应该是地太大的关系。其实，这段时间附近有不少七十五坪或五十坪大小的地皮挂出来卖……坦白说，先生你的地皮有二百五十坪，太大了……而且这里的交通情况跟邻村相比有些不便。你看，不仅要爬上一公里的斜坡，周边还没有任何配套设施。"

银灰色西服男子一脸愁云地举起杯子，将里面剩下的水一饮而尽。

二人之间的气氛出现了短暂的冷场。凉爽的微风从敞开的窗户灌进来。不知何时，原本忙得热火朝天的厨房也安静了下来。小小的华夫饼店弥漫着温暖、甜蜜的香气，唯独摆在两个男人中间未动分毫的冰激凌华夫饼异常显眼，宛如无人疼爱的留守儿童。直至华夫饼上方的圆形冰激凌化成一摊"泥石流"，二人也依然沉浸在各自的世界里。

柳真前面的大型肉桂华夫饼还有一大半没有吃完。自从在社交网站上看到关于这家店里出售的、厚度堪比牛排的重磅级华夫饼的介绍后，她就踩着营业时间过来一探究竟。甜蜜的肉桂华夫饼和香味浓郁的美式咖啡的组合确实让人印象深刻。至于招牌华夫饼的味道自然也不用多说。

起初，她只是出于好奇偷听了一会儿邻座的对话，但谁叫大叔们的嗓门儿那么大,而且店铺面积这么小,想要听不到他们的对话也很难。柳真所在的圆桌和大叔们坐着的方桌之间的距离不远不近,非常适合她装作听不到的样子看热闹。

不过偷听完他们的对话后,柳真心中也开始泛起阵阵波澜。最初这种震荡只是像蝴蝶扇动翅膀一样轻微,但很快就发展为足以山崩地裂的程度。她感觉自己的耳朵里仿佛不断响起手机闹铃的声音。她能感受到身上的双排扣风衣浸透着当天凌晨的马耳山[①]空气,而瑰丽的朝阳则在不断对她呢喃细语。

柳真支起身子,用手机搜索了一些内容,然后又点开计算器程序,开始算起一些账来。然而最终出现在显示屏上的数字并不能与柳真心目中所想的低风险画上等号。可世上真的就存在可以保证"一个人的冒险是值得的"的数据吗?毕竟每一个决定只是她表示愿意接受未知风险的意向罢了。柳真拿起手机,轻轻地站了起来,然后径直朝着那两名正沉浸在各自思绪里的男人走去。

"抱歉,打扰一下。你们说的那个地皮,我能不能去看看?"

听到柳真的话,两个人十分默契地对视了一眼。随后,其中一人先一步双眼放光,喜形于色地站了起来。

---

① 位于韩国全罗北道镇安郡。

不过可能是因为太过激动的关系，他站起来时大腿不小心碰到方桌，弄出了很大的动静，还震得摆在桌上的盘子乒乓作响。

"啊……可，可以啊！不如我们现在就出发？"

***

"就这样，那天去看完地皮，一周后就签了合同。"

说完后，柳真自己先扑哧一声笑了出来。如今回想起来，当初她其实没必要那么心急。多仁也莫名地跟着笑了起来。

"哇，老板你真是太有魄力了。不过听你这么一说，我怎么感觉你遇到的那个人是我的老爸呢？哈哈哈哈！"

"呀，莫非那位穿着银灰色西服的人就是……"

二人顿时捧腹大笑。这时，柳真的手机响起一阵振动。来电信息显示为"许珍雅作家"。柳真道了声歉，起身到一旁接起了电话。对方道歉说自己出发时不小心剐蹭到别人停在停车场的车子，所以需要先处理保险和维修的事情，今天怕是赶不过来了。柳真安慰了对方几句，然后重新约好一个时间，挂断了电话。

当柳真回到卡座时，多仁正背对她，望着窗外的景色出神。柳真盯着她的背影看了一会儿，开口道：

"那个……你今天要不要在这里住一晚？原本今天要来的作家有事来不了了，而且店还没开业，暂时也没有什么客人。"

事实上，为了迎接许珍雅作家入住，柳真已经事先把住宿楼收拾好了。从洗浴用品到毛巾、吹风机、电热水壶、茶、咖啡等物品，可谓面面俱到。另外，不仅房子的供暖很到位，甚至连明天的早餐也都安排好了。虽然是意料之外的邀请，但多仁却表现得像一个孩子一样欢呼雀跃，迫不及待地联系起了自己的经纪人。公司对于多仁独自在乡下过夜的行为感到十分担忧。多仁再三向经纪人保证自己住的是在原本奶奶家的位置上改建的度假别墅，而且表示由于尚未开门营业的关系，里面没有其他住客，所以安保方面也有保障。

事实上，多仁在之前已经向公司请了一周的假，正打算去夏威夷度假，所以早就订好了机票和酒店。只不过在出发之前，她突然心血来潮，想要来祭拜一下奶奶，于是便自己开车来到乡下。当听到多仁跟自己的经纪人说要改签机票、更改酒店入住时间后，柳真不禁有些心花怒放。

原本柳真事先订了一家韩定食[①]餐馆，打算用来招待许作家，但考虑到多仁不方便出现在公众场合，大家最终还是决定在家里做饭吃。柳真和时佑把冰箱里的食

[①] 韩定食，又称韩国式客饭、韩式套餐，继承了李氏朝鲜时代的宫廷料理，是由韩国人经常吃的各种菜肴组成的套餐。

材全都搬了出来。虽然算不上多么丰富，但也足够摆上一桌。多仁也自告奋勇到厨房打下手。里面的人已经开始剁起胡萝卜丁和萝卜块，这些在稍后制作鸡蛋卷和熬牛肉汤时会用到。不过他们的刀法很生疏，感觉像是在小孩子过家家。多仁也表示自己从未做过饭，连煎鸡蛋也不会弄。多仁打了四个鸡蛋到空的汤碗中，还一个劲儿地咯咯直笑，随后又用勺子舀了一勺汤，表情认真地尝起了咸淡。

当众人在厨房里忙碌的时候，外面的天色渐渐暗了下来。

"你有什么想做的吗？"在吃晚饭的时候，柳真向多仁询问道。

多仁很喜欢柳真对自己使用敬语[①]的态度。可能是年纪太小的时候出道的关系，周边的大部分人都很自然地对她使用平语。多仁盯着柳真的眼睛看了一会儿，随后眼神飘向对方身后的某一处，陷入了沉思。至于柳真则一直处于围观艺人的模式中。直到今日，她才真正体会到所谓的"每一帧都是一幅画"是什么意思。正当柳真看着多仁愣神时，对方转过头，微笑着说：

---

① 韩语有敬语、平语和半语之分。使用敬语时一般听话者为长辈或者地位高的人，但为了表示尊敬，对于不太熟的关系或是初次见面的人，也可以使用敬语。平语一般是对同辈、朋友等使用。半语对亲密的人使用表示随意，对其他人使用则往往代表不尊重。

"我在看星星呢。以前夏天到奶奶家里，我就喜欢躺在屋外地板上看星星。每次看到头顶那片仿佛随时倾泻而下的银河，我都在想这些光是否是从遥远的宇宙某处射出来的。要是能在奶奶的家里再看一次星星就好了。"

"啊，这样吗？……夏天才是看星星最好的季节。现在虽说是三月份，但夜晚的温度跟冬天没什么区别。太冷了，要是得了感冒就不好了，毕竟你是一位歌手。"

多仁的眼中闪过一丝失望的神色，但马上一脸温顺地轻轻颔首。出道这么多年，喜怒不形于色和从善如流的事情对她而言早已成为家常便饭。

"嗯，也对。是挺冷的……"

"啊，那个……"这时，时佑插了一句。

看得出时佑已经没有再把多仁视为不可亵渎的女神。事实上，穿着灰色连帽衫、举止洒脱、侃侃而谈的多仁确实与站在华丽舞台上的歌手戴安相差甚远。时佑有些迟疑地开口说：

"倒是有两个保暖睡袋……就是一年多都没洗过……嗯，所以味道有点那个……啊哈哈哈！"

三月的夜色很迷人。月亮在几片薄纱状的卷云间时隐时现，唯有满天繁星丝毫不为所动，牢牢镶嵌在深黑色的幕布中闪闪发亮。

今晚的天空很亮。虽然周边没有一盏路灯，但从二楼的露台上往下看，就像开着照明一样格外亮堂。月光下，摇曳的树叶闪烁着白皙的光芒，远离城市喧嚣的邵阳里回荡着树枝被风吹动的沙沙声和远方树林中布谷鸟的鸣叫声。

柳真钻进散发着淡淡馊味和霉味的睡袋里，只露出一个脑袋。她有点明白为什么人们叫它星海了。脑子里知道宇宙中存在如此多的星星和亲眼所见是完全不同的感觉。柳真甚至有种醍醐灌顶的错觉。她想到：某一天，我是否也能摆脱千篇一律的日常，前往那些星辰旅游呢？我看到的那些星光说不定是某些行星在消失前留下的遗言，所以我们看到的有可能就是它们存在过的痕迹，也就是它们曾经的样子。这是宇宙向她发送的信息，只不过存在一定的延迟。

柳真、多仁和时佑三人沉默了良久。睡袋只有两个，所以柳真和多仁各自分了一个。至于时佑，则套上羊毛衫和长款羽绒服，再把咖啡馆里的毛毯拿来铺在地上，然后躺在上面。用原声吉他演奏的爵士乐正从蓝牙音箱中缓缓流出，如星光间环绕的雾气一般给人一种隐约朦胧的感觉。这一刻，仿佛凛冽的春风都在屏息观望这场宇宙演绎的庄严景象。

柳真不由得联想起这片地方曾经留下的痕迹。她的脑海中不断浮现出韩屋的主人抬头遥望夜空的场景。多仁想起了在寒冬腊月也能如烤红薯般让人暖心的奶奶，还有奶奶陪她一起看星星的场景。时佑则想到曾经从鹭梁津学院①出来后无意间抬头看到的那片微弱稀疏的星光。

"一次性看到这么多星星还是人生头一次。"多仁率先打破了沉默。

时佑吐着白气，也认同地点了点头。多仁继续说：

"好奇怪。天上的星星一直都是那么多，但我们之前为什么没有注意到呢？"

柳真望着头顶上那片浩瀚的星海，不由得想起曾经观看马耳山云海的情景。

"是啊……挺神奇的。事实上，刚刚我还有一些事情没有说出来。到邵阳里游玩的那天，也就是去那家华夫饼店之前，我还去马耳山看过日出。那个时候，天上也有这么多星星。虽然没有像现在这样密密麻麻布满天空，但每一颗都像一盏路灯，散发着温暖柔和的光芒……"

***

从马耳山山顶俯视的世界一片漆黑、深邃，宛如隐藏着古老秘密的深海海底。环顾四周，一座座山峰只能

---

① 鹭梁津位于首尔铜雀区，这里分布着鳞次栉比的考试学院，聚集着大批备考的韩国年轻人，学习气氛十分浓厚。鹭梁津是韩国考试的代名词。

看到漆黑的轮廓，而山峰的周围则飘浮着一片片云雾，犹如置身一幅水墨画中。目光所及之处便是拂晓，而静谧飘浮在其上，犹如大海中随波起伏的一叶扁舟。曾经被遗忘的记忆变成宁静的风，不时地舔过后颈。

天边的颜色变化不定。不久后，山后渐渐露出清澈的蓝色，同时东边的山脊也渐渐被染成橘黄色。周边的云雾逐渐露出原本的颜色，然后就像按下暂停键一样，一时间周围的景象完全停滞了下来。头顶冷清的天空中孤零零地挂着一钩弯月。不过随着阳光洒下来，周边的风景终于回归了平常，就像重新按下播放键一样，耳边也传来了鸟儿的叫声。

在马耳山瞭望台看日出时，柳真回想起许多消失在记忆中的"微不足道"的存在。曾经那间一天到晚开会的共享办公室，渐渐被一群陌生人的笔记本电脑所占领。她开始不断跟一直视为知己的前辈发生争吵，而原本一起共事的人们也一个个离开公司，去寻找自己的出路。就像被人打扫干净的街道，一切仿佛什么都没有发生过。那一刻，柳真不由得想到那间空荡荡的创业办公室和一直劝阻她的前辈顾问，以及与同事们一起去过的那家位于延南洞[①]的小酒吧；还有一开始只是始于一些

---

① "洞"是韩国的一种基层行政区划，相当于我国的街道。延南洞与下文提到的圣水洞等地区都是首尔极具人气的"网红"打卡地，深受年轻人欢迎，坐落着许多咖啡厅、餐厅、酒吧、美妆店和手工作坊等。

微不足道的变化，但等她回过头来再看时，已经变得比路人还生分的关系和事物，以及眼前这片经过驱散清晨的昏暗后所展现出来的、褪去曾经的光辉、变得破旧和凄凉的空间……

"那天要是没有看过马耳山的云海，也许我就不会做出这样的决定。即使听到那两位大叔搞笑的对话，我多半也会一笑了之，不会放在心上。老实说，我还是头一次来邵阳里。因为出生在首尔，所以我从未想过自己会到首尔以外的地方生活。像是在邵阳里购置二百五十坪大小的地皮这种事情完全不在我的人生计划里。"

柳真的嘴角微微上扬，露出一丝感慨的笑容。多仁把暖手宝贴到脸上，神情也变得专注起来。

"在创业公司被另一家公司收购后，整整两个月，我都把自己关在家里，过着深居简出的生活。虽然公司的专利卖了出去，也不算一无所获，但我依然有种心灰意冷的感觉。那几年，我一直兢兢业业，不敢有一丝懈怠。为了开发软件，为了准备用来说服客户的资料，我没日没夜工作了三年。在失业后待在家里的那段时间里，我读了一本书。那本书是我以前买来放在书柜里，打算以后有闲暇的时候看的。故事讲述了一个命运多舛的女人在英国的某个乡村经营一家小酒店，后来许多有故事的客人来到她那里度假，从而引发一系列故事。看完那本书后，我的心里就生出想要旅游的冲动，于是便来到邵阳里看马耳山日出。"

暮色渐深的三月夜晚跟所谓的春天差着十万八千里，被寒风一吹，顿时感觉脸都要冻僵了。冰封的记忆像走马灯一样不断在柳真的脑海里闪过。她继续说：

"当天下午，我和中介大叔一起看邵阳里的土地，心中却突然跳出一个念头：我想自己是否也能过像小说主人公那样的生活呢？想到这里，我不禁心潮起伏，感觉清晨看到的马耳山云海也在不断地鼓励着我做出决定。"

多仁的经纪人是在午夜时分抵达的。那会儿，三个人刚从天台走下来，准备到咖啡馆喝一杯。这位女经纪人外表看起来温和、亲切，待人的态度也很随和。她穿着一身厚实的黑色长款羽绒服，头上还戴着一顶棒球帽，单看穿着更像是一名导演。她不仅从多仁喜欢的圣水洞烘焙店里买来各种类型的面包和蛋糕，还顺带打包了一套据说是面点师亲自调制的薄荷茶套餐，东西多得一张桌面都摆不开。

多仁发出一声欢呼，眼疾手快地拣起一块熔岩巧克力蛋糕。她小口小口地吃着蛋糕朝柳真问道：

"你决定好要摆放什么书了吗？"

柳真闻言摇了摇头。她将焦糖南非红茶茶包放到茶杯里，再倒入了一些热水，开口说：

"还没完全决定好。配送时间比预计的要晚不少,估计要等到这周末才能订购完所有的书。哦,对了。你有什么喜欢的书吗?比如最近读过的书中比较让你印象深刻的……"

当多仁陷入思考时,时佑的眼中闪过一丝光芒。看来他是想等多仁说出书名后,再将其收藏到自己心中的书柜里进行展示。

"我比较喜欢崔恩荣作家写的《明亮的夜晚》。每次读它的时候,我的心中都会不由自主地想起奶奶。我很好奇奶奶单纯作为一名女性的话会是一个什么样的人,而且这本书读完后让人心里暖暖的。"

时佑在一旁连连点头称是,跟守在主人旁边的泰迪犬没什么两样。柳真连忙喝了一口茶,压住想要爆笑的冲动,朝着多仁点了点头。

"没错,跟那本书差不多的还有高秀丽作家的《我们也可以在月光下散步》。那是一本散文集,但文章内容非常暖心。如果你喜欢《明亮的夜晚》,想必《柏青哥》也很符合你的口味。"

"哇,谢谢你的推荐。看来我要好好拜读这些作品了。"

"不,要道谢的人是我。听完多仁小姐的话后,我有点明白该如何给客人们推荐书籍了。"

"时佑先生呢?"

正喝着啤酒的时佑根本没想到多仁会询问自己,顿时被呛得连连咳嗽。

"啊!你没事吧?"

"啊……我没事。真的!"

羞得满脸通红的时佑急忙站起来,从厨房里拿来一盒湿纸巾。三人被时佑的举动逗得哈哈大笑。时佑也窘迫地嘿嘿笑了两声,坐回了原来的位置。

"我最近确实也在读一本书,但那本书太厚,我读了一个月都没读完。"

"哦?你居然也会看书?"柳真打趣道。

"喂,姐姐!我好歹也是书吧的员工好吧?算了,我最近在看的书好像叫《那年的夏天很长》……"

柳真乐不可支地打岔道:

"你说的不会是《夏天许久逗留在那里》吧?"

"啊,那本书写的好像是一位建筑师的故事吧?"经纪人插嘴道。

柳真恍然大悟地拍手道:

"哦,对了。时佑,你好像就是建筑专业毕业的吧?"

多仁瞪大眼睛问道:

"你学的是建筑学吗?哇,以前看《建筑学概论》[①]的时候,我还想要是自己当初学的是建筑学该有多

[①] 韩国电影,讲述了在大学"建筑学概论"课堂上相识的一对男女,在多年后以建筑师和客户的身份重逢而发生的一段爱情故事。

好呢。"

一下子受到三个人的注目，时佑顿时感到压力剧增，连忙岔开话题说：

"啊，但我也没能考上建筑师……啊哈哈，我也只是学了相关专业而已。还有，我刚刚不是说了嘛，那本书，我还没读完呢。它真的是太厚了……哈哈。"

大家再次笑成了一团。

很快大家就开始聊起各自向往的旅行地，然后众人又对即将去夏威夷旅行的多仁表示了羡慕，接着话题又转移到以夏威夷为故事背景的村上春树的短篇小说《哈纳莱伊湾》。如果日后邵阳里书厨中开展读书会，柳真非常希望是现在这种场景。

不知是因为星光，还是因为残留着奶奶气息的邵阳里书厨，总之多仁觉得自己今晚应该能睡一个安稳觉。

邵阳里书厨的客房布置得很温馨，卫生也打扫得很干净。墙上的时钟已经指向凌晨两点，多仁听着窗外山风吹过林木的声音，陷入了甜蜜的梦乡。

第二天清晨显得格外宁静。似乎大家都在睡懒觉，而且当前确实也没有事情可做。虽然并非事先约定好，但昨晚睡觉前，大家谁都没有提前设定好闹钟。

从凌晨时分就开始下起春雨，阴沉灰暗的天空中，断断续续飘着雨丝。凛冽的寒风下淡绿色的春芽不知所措地瑟瑟发抖。只长出花苞的樱花树肆意地摇晃着树枝。太阳升起已有三个多小时，但是在黑压压的乌云下，朦胧的阴影依旧笼罩着山麓。

相比之下，邵阳里书厨的早晨就像被奶奶抚摸的时光一样平静而悠闲。凄厉的风鼓足了劲儿吹过来，但最终都会无疾而终，消散于天地间。细细的雨点打在玻璃窗上，发出噼噼啪啪的声响。带着湿气的植物杀菌素[①]的香气从树林中飘出来，悄悄地渗进了屋内。

柳真是早上第一个睁眼的人。她来到咖啡馆，用滴漏式咖啡机接了杯咖啡，然后把昨天经纪人买来的肉桂卷切成块，用微波炉加热了一下。拿出盘子后，特有的肉桂香像爵士乐一样悠悠地朝着四周散开。经过加热的面包卷与糖粉充分融合在一起，口感滋润又甜美，加上上面还夹着杏仁碎，真的是越嚼越香。若是平时，她定会先打开音响，放一首轻快的音乐，但今天，她却觉得安静或许更适合早晨的氛围。她很享受这种像肉桂卷一样香甜的宁静。

柳真整理了一下昨天聊天时用过的桌子。在收拾东西的时候，柳真不由得想起昨晚看过的星海。一想到那幅神秘而震撼人心的场景如今依旧存在于笼罩着头顶的

---

① 植物杀菌素是植物为了抵抗病原菌、害虫、霉菌而分泌的一种物质，通过"森林浴"吸收植物杀菌素可减缓压力，使心情舒畅，强化肠道与心肺功能，并有效起到杀菌的作用。

乌云之上，她就觉得无比神奇。原本她觉得日常就在公寓垃圾场的角落里，而旅途则在九天之上的某个遥远的地方，但实际上，旅行就像捆绑销售的商品一样牢牢跟日常绑在一起，不得不说这是一件令人惊讶的事情。柳真感慨道："也许在我拆快递、整理书籍的时候，星光依旧在闪耀吧？"

收拾完厨房后，柳真再次回到咖啡馆，第一眼便看到角落里放着几个尚未整理的包裹。这些包裹是昨天下午送来的。她蹲坐到这些包裹前，透过拆掉胶布的纸箱缝隙，看到里面有梅芙·宾奇[①]所写的《冬季里的一周》的封面。柳真随手将它拿到手里，说起来还是这本书给了她勇气让她得以在邵阳里创办书厨。

柳真静静地抚摸着书皮，心中却不由得想起了多仁。书的封面上是一幅充满温馨的场景：桌子上铺着干净的草绿色格子桌布；英式茶杯里装着浓郁的美式咖啡；咖啡的一旁摆着一盘沙拉；而大大的窗户外则是碧波荡漾的大海。

柳真希望多仁前往的是这种波涛声声、如诗如画的地方。如此一来，她就能在这个小猫傻傻地望着窗外陷入沉思，玩具一样的彩砖屋顶的小房子密密麻麻地挤在一起并分享着大海气息的村子里好好休息一番了。如果

[①] 梅芙·宾奇（1940—2012），爱尔兰畅销书作家，代表作有《冬季里的一周》《朋友圈》《塔拉路》等。

多仁翻开这本书，里面的人物会热情地迎接她。说不定这本书就是为了多仁才来到这里的。柳真翻了翻书页，目光最终停留在一段话上。这段话仿佛存在某种魔力一般牢牢地吸引着她。

这里是一个适合思考的地方。来到海边，你就能感受到自己的渺小。你会发现自己的存在无足轻重，一切都能找回它应有的比重。

柳真在这一页插上书签，用印有金色水滴图案的深红色包装纸将其进行包装，然后随手从一旁的日记本上撕下一张没有线条的页面，再将其裁剪成巴掌大小的纸片，用圆珠笔用力在上面写下几行字：

> 愿你能找到属于自己的仓库；
> 愿你在那里听到波涛声；
> 愿你遇到像奶奶的手一样温情的时刻……

下着春雨的那一天，趁着夜幕尚未降临，多仁和经纪人就离开了邵阳里书厨。不过与来时相比，她的行李箱里多出了一件柳真赠送的礼物——一本用印有水滴图案的包装纸包着的书。

望着多仁乘坐的车从视野中远去，时佑和柳真有种如梦初醒的感觉。柳真猜测多仁应该会在波涛声声的夏威夷翻看这本书。她真诚地希望多仁即使身处那个每天都有人百般奉承却让人感到孤独和不安的"顶峰"也能卸下假面，露出幸福的微笑；希望她即使在百忙之中，也能不时地进入故事世界中，享受简单而温馨的一餐和饭后的一杯热茶。

多仁离开后，柳真特意在邵阳里书厨转了一圈。很难想象，与多仁一起钻睡袋看星星，竟然是昨天发生的事情。事实上，在邵阳里华夫饼店遇到房地产中介大叔和地皮主人大叔也只是十个月前的事情而已。

坐在昨天与多仁围坐在一起的咖啡馆原木桌前，柳真的脑海中突然生出眼前的邵阳里书厨和带着多仁奶奶气息的韩屋重合在一起的错觉，甚至她能清晰地感受到多仁奶奶的气息依旧停留在这里。

美丽的晚霞在堆积的云层遮掩下变得极为暗淡。柳真站起来，将大玻璃窗和厨房的窗户完全敞开。今天是三月十五日。傍晚时分，柔和的春风带着梅花的隐隐芳香溜进书厨，仿佛在庆祝即将到来的明天。

《山茶文具店》

[日] 小川糸

把信投进投信口的瞬间,听到了轻轻的"咔沙"声。
一路顺风。

第二章

再见,我的二十岁

参加工作四年的娜允已经渐渐习惯整日连轴转的公司生活，但也厌倦了这种一成不变的枯燥生活。坦白地说，公司本身并没有太大问题。娜允就职的公司是一个很重视员工能力开发和员工福利待遇的IT（信息技术）公司，但是最近不知为何，娜允对任何事情都提不起兴趣，说白了就是她没了想要为公司发光发热的冲动。她怀疑是不是最近自己的精神压力太大了。

正常享受公司的福利，但减少工作量便是她此时的真实想法。若是换作其他人，说不定会考虑办理离职，但娜允连离职都觉得太麻烦。毕竟公司里并没有欺压她的上司，而她也不是真的讨厌工作。关键是哪怕跳槽换一份工作，新公司也不见得就是天堂。只是她觉得自己即将"奔三"的形象与自己二十岁时所幻想的三十岁的形象严重不符。

年轻时，她盲目地认为自己三十岁时必然会成为一名成功的职场女性。然而身着丝绸罩衫和黑色西裙、精明强干的女强人形象终归只是想象，入职四年她一直都是只能处理琐碎业务的办公室老幺。几乎没有什么事情是她可以做决定的，因为大部分业务都需要按照指定程序和审批步骤走。

"听过'百岁时代'这个词吧？等过了五十岁，在公司上班就会变得很卑微。每天战战兢兢，唯恐犯错被炒鱿鱼……你说剩下的五十年该靠什么维生？等孩子上大学了，我也到了五十二。你说愁人不愁人……"家里有两个儿子的李科长叹气说。

中午吃饭时，继股票投资和房地产政策之后，提及最多的便是退休后的人生计划。

"谁说不是呢？我看公司管理层中也有不少MBA（工商管理硕士）出身……你说我们要不要从现在开始做准备？我看学网上的视频编辑就挺不错的。"入职三年的软件开发工程师允勇也一脸认真地插嘴道。

娜允正在喝着带拉花的拿铁，闻言便将手中的杯子放在桌子上说：

"话说开一家咖啡馆需要多少钱呢？上次去巴塞罗那度假的时候吃过一次西班牙家常餐感觉挺不错的。开在梨泰院或经理团街[①]开销应该不大吧？唉，真羡慕那些'专职'的人，也不用考虑退休的问题。"

李科长立马反驳道：

"你当医生和律师就能高枕无忧了？每年破产的医

---

① 梨泰院和经理团街是首尔知名的商业区和美食街。

院不知道有多少。律师也需要靠业绩说话，所以压力不是一般地大。但凡收入跟业绩挂钩的职业，工作与生活的平衡必然会被打破。我有个在大型律师事务所上班的朋友不久前就因为疲劳过度住了院。"

午休时间结束后，娜允就回到办公室，坐到自己的位置上。她需要在今晚之前将"年度个人业务目标"录入到人事系统，至于所谓的养老计划只能放到晚上再考虑了。

然而下班之后，她的脑子里却一片空白，唯一想着的就是赶紧回到家里躺在床上好好休息。下周就到了做第一季度业绩报告的时间，但尚未弄完的报告总让她感到不踏实。一想到那些总是不按时提交资料的其他部门同事，她就气得火冒三丈。

吃完外卖，看一会儿最近热播的电视剧，马上就会有困意袭来。眼下一堆脏衣服都没有洗，连明天要穿什么衣服都没有决定好的情况下，谈论一年后该干什么显然有悖常理。不过，等日后有闲暇的时候再考虑将来的事情也不晚，不是吗？没错，肯定是这样的。想着想着，娜允就进入了梦乡。

***

"邵阳里？那是哪里？名字上带着里，不会是哪个偏僻的乡村吧？你们确定我们今天不是就近赏樱花？"

看到娜允吃惊的样子，灿旭和世琳顿时有些忍俊不禁。如果现在不是在早午餐咖啡厅，他们绝对会捧着肚子哄堂大笑。即便如此，他们二人也得意扬扬地击掌庆祝了一番。

灿旭眉飞色舞地回答说：

"直接走就对了，来一场说走就走的旅行！以后说不定都没机会了。等你结完婚，生完孩子，四十岁也就不远了。"

星期六上午十一点，三人围坐在一起的板桥[①]早午餐咖啡厅里缓缓流出符合四月风情的香颂[②]。望着一脸惊愕的娜允，灿旭赶紧解释道：

"其实，我昨天接到了时佑的电话。"

"什么？你接到了时佑的电话？不会是开玩笑吧？"

"嗯，据说这家伙现在在邵阳里当什么度假别墅的员工。整整三年杳无音讯，昨天却突然联系上了我。我们去时佑那里吧。至少得见他一面，不然心里不踏实。我们不是说过三十岁以前一起去旅行吗？机会难得，不然我估计我们到了四十岁也去不了了。为此，你哥哥我还特意去借来了老妈的车。还犹豫什么？赶紧出发吧！"

说着，灿旭还朝娜允摇了摇手中的车钥匙。娜允又

---

① 板桥是首尔科技产业区，也是首尔的购物天堂。
② 香颂来自法语"chanson"一词，本意为歌曲。香颂是法国世俗歌曲和情爱流行歌曲的泛称，以甜美浪漫的歌词著称于世。

气又高兴，不知道该露出什么表情。

"哼，时佑这家伙，等我见到他，一定不会轻易原谅。"

世琳一看到娜允的表情就知道她已经下定了决心，便像个DJ（音响师）一样摇晃着身体尖叫道：

"出发了！Go! Go! Go!"

灿旭打开了车载音响。顿时，上大学时每天都听过的耳熟的歌曲接连不断地流出来。当歌曲变成Busker Busker[①]的《樱花结局》时，车内仿佛变成疯狂的演唱会现场。这首歌原本就是如此欢快的歌曲吗？等到了《樱花结局》的引子部分，三人不约而同地鬼哭狼嚎地合唱了起来。

时间来到樱花盛开的四月，星期六下午两点，二十岁青春最后一场即兴旅行拉开了序幕。盛开的洁白樱花正随风飘荡。就像日本动画片中的场景一样，花瓣翩翩起舞着从天上飘落下来。娜允此时仍然有些难以置信，因为就在昨天的这个时刻，自己还坐在犹如阅览室一样落针可闻的办公室里，用笔记本电脑上传着下周一会用到的每周业务会议内容。

娜允不清楚邵阳里在哪里，但那又有什么关系呢？

---

① 韩国乐队。

既然确认了时佑在那里，那其他的一切都不是问题，只要他们四个人能重新聚到一起。娜允看了一眼在各自的二十九岁承受着喜悦和悲伤、为人生奋斗的灿旭和世琳，又想起此时在邵阳里的时佑，然后对自己的二十一岁、二十二岁、二十三岁的回忆道了声"再见"。盛开的樱花与欢快歌曲的高潮部分应时对景。行驶在弯弯曲曲的国道上，娜允感受到自己沉寂多年的心再次跳动了起来。

***

柳真望着像金毛寻回犬一样欢呼雀跃的时佑陷入了苦恼。半个小时前，时佑的大学死党灿旭来电话说将于一个小时后抵达这里。据说，灿旭和时佑是通过广告社团认识的，还是曾一起在网吧征战无数个夜晚的"生死之交"。另外，一同前来的还有他们以前在社团活动时认识的两位女性朋友。

"可现在是樱花季，这周末图书主题旅馆的房间已经都订出去了。你打算怎么解决他们的住宿问题？"

"我们关系好着呢。先看看吧。如果不冷就睡帐篷，太冷就一起睡我屋子里！"

"你们四个人睡一屋？他们也知道这件事情吗？还有，你们是打算站着睡吗？"

"嗯，地方是挺窄的……不过无所谓了，反正我们聊天的时候都会待在二楼露台。至于睡觉嘛，让女孩子们睡我屋不就行了？我和灿旭可以在露台搭个帐篷钻睡袋里睡，就当是露营了，所以你就别担心了！"

"你说的帐篷……不会是指那个吧？"柳真一脸难以置信地指着庭院里摆着的装饰用的印第安帐篷问道。

时佑表情天真地点了点头，表示正好是单人帐篷，搬起来也不吃力。望着眼前这张自以为解决了问题而得意扬扬的脸，柳真忍不住打击道：

"时佑，那只是装饰用的道具，里面连个床垫都没有，你就不怕硌得慌吗？二楼露台的地面铺的可是瓷砖。另外，山上刮下来的风很大，而且凌晨还有露水……我看你们还是睡在二楼客厅沙发上比较好。"

柳真感到很担心。她想不明白一个人的神经怎么可以这么大条，面对任何事情都是一副胸有成竹的样子。柳真和时佑是两个截然相反的极端：一个要从头到尾做好准备才会放心；一个遇到事情先迎头撞上去，之后才会考虑该怎么解决问题。看了一眼忧心忡忡的柳真，时佑开始不慌不忙地准备晚上会用到的毛毯和被子。

"姐，你看我们大学参加MT（集体旅行）[1]的时候有哪个是睡在高级床垫上的？我们才二十多岁，还很年轻好吧？就算直接睡在马路边上，第二天起来照样活蹦乱

---

[1] Membership Training的缩写，它是在韩国大学内非常流行的一种集体旅行形式，同一所大学或同一学部、同一组织的学生们一起去外地租MT专用的度假区，然后在几天内一起做游戏、表演节目和喝酒聊天。

跳的，而且他们也跟我说了，要是实在没办法就睡在车子里，只要给安排个停车位就好。重要的不是这个啊，姐，他们这是即兴旅行！不是事先准备好的，是当场决定过来见我！啧啧，你不觉得这很酷吗？他们本就没有抱太多的期待，所以只要给我们四个留一个可以彻夜聊天的空间就可以了。懂了吗？"

连珠炮似的说了一通之后，时佑就飞快地收拾东西，跑上了二楼露台。不知何时出现的亨俊也面无表情地帮忙搬运着装有小彩灯的箱子。柳真虽然不是很认同时佑的话，但在听到"二十多岁年轻人的即兴旅行"的话后，原本一颗悬着的心也终于落了下来，因为至少可以确定他的朋友们不是那种性格孤僻、极难相处的人。

柳真在橱柜上面翻了翻，找到了两个红色的大型木瓶香薰蜡。这是她搬进光化门①附近的写字楼公寓时，同事作为乔迁礼物送给她的，但由于香味较浓、体积较大，她一直搁在抽屉里没用过。听到时佑的朋友要来，她才突然想起有这么个东西。此外，她还特意翻出另一个压箱底的电热扇。走上二楼露台，柳真点上香薰蜡放到帐篷的一旁，再给电热扇插上了电。虽然风很大，但木瓶里的烛火也只是优雅地微微摇摆，受到的影响并不大。

---

① 光化门是朝鲜王朝王宫景福宫的正门，被誉为韩国"国门"。光化门周围是一个庞大的政治和商业中心，是韩国最繁华的地区之一。

时佑从咖啡馆中拿了几把小椅子上来，接着把用来装书的大纸箱倒扣在地上，再用透明胶布将其固定，看样子是打算制作成一次性桌子。至于亨俊，则已经布置好用来装饰印第安帐篷的小彩灯，开始帮助时佑制作纸箱桌子。柳真静静地站在一旁，看着时佑哼着歌收拾工具，沉默了半晌，转身慢慢顺着二楼阶梯走了下去。

"哇，时佑！什么情况？这也太棒了吧！"

邵阳里书厨的二楼露台一下子变为青春偶像剧摄影棚。灿旭、世琳和娜允激动地抱着时佑发出了一阵阵欢呼声。露台上摆放着三顶只够小孩们进去玩玩具的单人用印第安帐篷，一旁还堆放着十张左右的毛毯。另一边，电热扇发着红润的光，其上方是一盏盏垂挂在帐篷边缘的小彩灯。

"啊，我们这是几年没见了？你们过得还好吧？"

"见面问好可不是你的风格啊，时佑。你这个家伙，这么长时间玩失踪，知不知道我们有多担心你？先过来挨顿揍再说。"

世琳和娜允纷纷板着脸，拍打了一下时佑的后背。就连平时一向稳重的灿旭也哈哈大笑着参与其中。

"哎哟哟，各位手下留情啊。哎，先等等。为了谢罪，我特意给大家准备了些许薄礼。"

时佑趁机逃出众人的魔掌，然后像魔术师公开最终结果一样,一把掀开一旁盖着不知什么东西的毛毯。随着毛毯被抽走,露出了一个装满罐装啤酒和饮料的箱子。灿旭、世琳及娜允兴奋地发出一阵欢呼声。

娜允开口说:"话说现在才下午四点,可我怎么感觉有点饿了呢?"

中午明明在高速公路服务区吃过海鲜拉面和紫菜包饭,甚至中途还吃了烤土豆、炒年糕、香肠年糕、核桃饼干等零食,但奇怪的是这会儿又觉得有点饿了。世琳也强烈表示赞同。

"莫非是因为肚子里没肉……还记得我们去MT的时候十个人吃了二十份五花肉的事情吗?"灿旭感慨地问道。

"别提了,光时佑这个家伙一个人就吃了四份!"

四个人再次哄堂大笑起来。

时佑和灿旭、世琳还有娜允四个人在大学一年级时就成了朋友,还自诩为"四个火枪手"。他们四个人的教养科目[①]基本都是在一起上的。灿旭和时佑服兵役[②]的时候,娜允和世琳也去其他学校做交换生,所以直到大

[①] 韩国大学的课程设置包括教养科目和专业科目两部分。教养科目相当于我国大学设置的公共选修课,包括社会、历史、哲学、语言、体育、文化、自然科学等课程。

[②] 韩国对男性实行征兵制,二十岁至二十八岁的男性公民如无特殊情况,必须服兵役。

学四年毕业为止，他们基本都黏在一起。

由于是两男两女，所以不少前辈都认为他们之间有暧昧关系，但他们四个人一直都是单纯的朋友关系。广告社团招新MT时，他们四个人被分为一组，然后奇迹般地成了知己。如今回想起来，他们四个人的团体真的显得格格不入。不久前，他们还做过MBTI性格测试[①]，结果上面说灿旭和娜允性格相克，逗得他们差点没背过气去。不过这也能理解，毕竟大家都是刚步入二十岁的年纪，脑子里想得更多的是怎么去享受青春时光，而不是花费心思去理解彼此。

大学毕业后，他们各自忙着谈恋爱、分手、彷徨，还有找工作。世琳成为兼职插画师，娜允进入一家网络公司的IP（具有一定知名度的文创作品）事业本部经营支援组，灿旭在游戏公司担任游戏音频策划。按灿旭的说法，他是在某个统筹游戏音效的部门做策划，但娜允至今都没弄明白他究竟是做什么工作的。时佑在毕业后就说要参加建筑师考试，但坚持一段时间后不知道为何又放弃了。后来他又去鹭梁津考公务员，而这一去就基本与其他人断了联系。

四个火枪手的世界多出了很多警戒线，而且聚在

[①] 迈尔斯-布里格斯类型指标（Myers‑Briggs Type Indicator，MBTI），是由美国作家伊莎贝尔·布里格斯·迈尔斯和她的母亲凯瑟琳·库克·布里格斯共同制定的一种人格类型理论模型。

一起的时间也越来越少。在二十岁刚出头的时候,一起厮混是很正常的事情,但是到了二十岁后期,他们各自开拓了属于自己的行星,就只能通过宇宙空间站进行联系了。

不过只要聚到一起,他们就能回到二十岁出头时那种一起嬉笑打闹的时光;回到那个浑身冒着啤酒和烧酒的混合异味,从廉价的度假山庄的硬地板上起床,顶着肿成猪头的脸到厨房一边煮五袋方便面一边切大葱泡菜的忙碌清晨;回到那个逃课来到汉江桥下,就着奶酪和面包,喝着从易买得[1]买来的九千九百韩元[2]的葡萄酒谈天说地的秋天的慵懒下午。记得有一次,世琳和娜允到军营探望升为二等兵的灿旭。当时,看到对方狼吞虎咽地往嘴里塞比萨和炸鸡的样子,二人在回来的公交车上心疼得直抹眼泪。

喝着啤酒,吃着烤五花肉,聊着大学时期的趣事,时间过得飞快,转眼就到了晚上。天气有点冷,但四月的春风并不刺骨。微寒的春夜气息唤醒了众人大学时期参加MT时的记忆。夜晚的庆典开启,大山足以拥抱四个人。扑鼻的树香和草香从邵阳里书厨的庭院里飘过来,又消失得无影无踪。有点像土腥味的大地气味、春

---

[1] 韩国大型连锁综合超市。
[2] 九千九百韩元约为五十五元人民币。

天的花香及香薰蜡的香味混合在一起弥漫着露台。

时佑不由得想起瞭望星空的那个三月份的夜晚。仅仅过了一个月，空气就变得格外柔和、温暖。四月的夜空如同笼罩着灰蒙蒙的雾气一样昏暗，只有几颗明亮的星星工整地镶嵌在上面。木瓶香薰蜡散发的甜腻香气与春天的花香在空气中轻快地跳着交际舞。

"听说南宇哥哥要在今年秋天结婚。"快到午夜的时候，世琳淡淡地开口道。

周围一下子变得鸦雀无声，剩下的三个人偷偷交换着眼神。南宇是世琳的初恋男友，跟世琳分分合合交往了很久，直到前年春天，两人才正式分手。

娜允放下手中的啤酒，问道：

"什么时候定的？他给你来电话了？有说对方是谁吗？"

"听说新娘是南宇哥哥公司设计部的后辈。不过他没有直接联系我，我是从熟人的嘴里听到的。其实，我知道他的结婚对象是谁。她应该比我们小一岁，据说是三年前进入公司的，我有幸见过一面。他们俩应该很合适，希望他们能过得幸福。"世琳的语气很平静。

对于众人来说，曾经那种会嫉妒某个人、为了争一口气熬夜做课题、像得到全世界一样高兴、像孩子一样伤心地哭泣、像看到燃放的烟花一样发出欢呼的季节已经一去不复返了。

"哼，那就让他们幸福好了。有什么了不起？当初把你伤得那么深……我倒要看看他们能过得有多好！话说你是什么时候知道这件事的？怎么也不告诉我们？"

"大家都那么忙，哪儿有时间见面啊……"

"嘤……"

娜允心疼地拍了拍世琳的肩膀。灿旭和时佑碰了一下手中的啤酒罐一饮而尽，然后微微捏瘪，扔到桌子上。灿旭开口说：

"呼……老实说，我连自己会不会结婚都不知道。结婚需要的东西，我是什么都没准备好，但这个社会却不断催促我赶紧结婚。"

娜允也怄气似的咔嚓咔嚓地嚼着饼干叹了口气，然后用勺子搅拌着锅中沸腾的鱼糕汤回应道：

"是啊，有种像是马上要迎来高考了，但很多科目还没来得及复习的感觉。"

披着毛毯的世琳靠在娜允的肩膀上抱怨道：

"说到高考，我都想重新考一次了。不为别的，只为改变现在的人生。唉……"

娜允自顾自地拿起啤酒跟世琳的啤酒碰了碰，然后猛地灌了一口。

"世琳，咱俩真是想到一块儿了。前几天我就想，要是现在认真备考，是否还有机会考上医学系。"

正在看着木瓶香薰蜡发呆的灿旭闻言扑哧笑了一声,随手打开一罐新的啤酒,看着娜允说:

"考什么医学系,我劝你们还是醒醒吧。我们这辈子也就这样了。谁叫我们出生在这个月薪连房租都快承担不起的国家呢!"

"啊,该死的房地产!"

四个人默契地举起啤酒碰了一下。

"不过时佑,你真的没事吗?"

灿旭望了一眼在一旁一直不出声、只知道点头的时佑,担忧地问道。

"能有什么事?"

"就是放弃考公务员的事情呗。毕竟在鹭梁津缩衣节食备战了三年。怎么不再战一次?说不定这次就能考上呢!"

灿旭对时佑的情况感到十分惋惜。原本一个多么阳光开朗的人,为了考九级公务员行政职,近三年断了与外界的所有联系。他还打算等对方考上公务员之后来电话时狠狠骂一顿的,没想到对方最终却放弃考试[①],窝在这种乡村旮旯里。

"考试题目出得太非人类了。要考三个必修科目和

---

① 在韩国"公考圈"有一句名言:准备三年是必修,准备五年是基本,准备七年是选修。韩国公务员考试的难度很大,录取率很低,"考公"很多年是十分正常的现象。

两个选修科目,但给的时间太有限,一分钟答不完一题,你连试卷都做不完。"

时佑先是皱了皱眉头,接着像是要抛开脑中的想法一样使劲摇了摇头。

"重要的是,我的性格其实不适合当公务员。在公务员圈子里,人们认可的人才是那种'在背后默默地付出,但又不求回报的好人',也只有那样的人才适合行政岗位。我怎么看都不是那种人才。"

剩下的三人不知道该不该附和,于是默不作声地望着前方。不过这肯定是时佑经过深思熟虑后做出的选择。不可否认,它绝对是时佑无限积极的人生中遇到的最大的海啸。当发现积极的心态不见得能迎来积极的未来时,时佑的心一定非常混乱吧?当三年的准备一夜间化为泡影时,时佑又是什么感受?决定打破沉默,鼓起勇气给灿旭打来电话的时佑……三年来,他有了什么样的成长呢?

"这里原本有一栋废弃了三年的旧屋。我亲自参与了这栋旧屋变成邵阳里书厨的过程。最后装修完毕时,看着眼前的度假别墅和书吧,我突然有种重获新生的感觉,于是我就想,如果能在这里扎根生活,似乎也是一个不错的选择。"

"对啊,你学的就是建筑专业嘛。之前放弃考建筑师,跑去鹭梁津考什么公务员……你这也算是得偿所愿吧。"

时佑跟世琳对视了一眼，回答说：

"这么说也没错。二十岁的时候，我一直以为梦想是幼稚、不现实的东西，但我现在明白了，梦想本就不是现实或是不现实的东西，而是一种让你朝着更优秀的方向前进的动力。当一个人站在人生的道路上迷失前进的目标时，在耳边轻轻呢喃、指明方向的声音就是梦想。"

"哇……时佑你莫非在邵阳里听了什么心灵鸡汤讲座？这话听得简直……要'硌硬'死人啊。"

娜允的话音刚落，世琳就乐得咯咯直笑，灿旭也揉搓着时佑的头发，跟着一起笑了起来。娜允用一种感慨的眼神望向其他三人，大家一下子都没了话，这是一种熟悉而亲密的沉默。尽管大家已经不再是二十岁出头的年轻人，而且都活在不同的世界里，但偶尔能相聚在一起，对他们来说也是一种极大的安慰。灿旭打开了来时在超市里购买的葡萄酒。葡萄酒特有的甜中带涩的味道与有樱花香气环绕的夜晚很相称。

灿旭给时佑倒了一杯葡萄酒，说：

"这么久没见，怪想你的，车时佑。虽然变得很'腻味'，但看到你，真好。"

"哎，你们这些浑蛋！我以后要成为一个稳重的三十岁男人。"

"啊，我们居然'奔三'了！"世琳揪着头发抓狂道。

一想到马上要"奔三"，他们的心里就有些发苦。不是因为马上要"奔三"的事实，而是因为不清楚自己的形象是否对得起三十岁的人该有的形象。

"等下次樱花盛开的时候，我们都是三十岁了。"灿旭像是在念小说的结尾一样沉吟道。

"喂，有必要那么伤感吗？即使我们到了百岁，樱花依然会盛开的好吧？好了，来，走一个！"时佑抢过灿旭手中的葡萄酒，哗哗倒进自己杯子里，霸气地说道。

当天晚上，娜允做了个梦。梦中看到灿旭手牵着一位穿着美人鱼婚纱的新娘，一路经过樱花路，即将走上一座雪白的桥。只要过了那座桥，灿旭就再也无法回到这里。

所有人都面带微笑，朝着灿旭献上欢呼和掌声。娜允虽然也在笑着鼓掌，但内心深处却有种基于四个火枪手的友情建立的世界即将分崩离析的感觉。樱花像雨一样纷飞，灿旭也将离开这个世界。

说实话，娜允还没有做好进入下一阶段的准备。三十岁的潮水正在向她涌来，但她却一动也不能动，只能呆呆地看着灿旭离去的背影。

***

"娜允,赶紧起床了!我们不是说好去湖边看日出,还有骑自行车吗?你再不起来,今天的计划可就要泡汤了。"

"嗯……能不能不去?"

"不行!我们昨天可是说好了的。"

"啊……我们是凌晨三点睡的,也就睡了三个小时好吧?"

"那也不行。赶紧起来。来,帽子!"

世琳叫醒了娜允。娜允嘴上答应得好好的,但转眼就又睡了过去。最终,娜允只来得及戴上帽子,就坐上了时佑货车的后座。此时天色还比较暗,但周围已经逐渐被染成深蓝色,同时显露出原本的样子。外面一丝风都没有,路边的树枝也一动不动。昨天晚上没来得及观察周边的景色,直到此时他们才发现这里四面环山,风景美不胜收。不知何时,天空已经成明亮、柔和的蓝色。

方向盘旁边的时钟显示时间为六点十一分。在露台聊天聊到凌晨三点才入睡的后遗症也开始显露出来:全身像是被人暴揍了一顿酸痛不已,后脑勺也像吊着石头一样沉甸甸的,还有那种炸裂般的头痛像潮水一样涌上来又消失。时佑恨不得立马钻进温暖舒适的被窝里好好睡一觉。坐在后排的世琳也是一脸疲态,像只猫一样蜷缩着身子靠在椅背上，昏昏欲睡。

湖的面积比想象中要大很多，若不仔细看，说是大海说不定都有人相信。偌大的湖面上反射着清晨的熹微晨光。湖的对面虽然遥远，但由于对面晴空万里，所以有种在看高清桌面壁纸的感觉。湖对面的山峰之间，太阳微微露出了半边脸。阳光在湖水的微波中闪烁，而每当大树的树枝在风中摇曳时，阳光也会像跳舞一样跟着荡漾起来。灿旭、娜允、世琳三人纷纷发出阵阵惊呼，而一旁的时佑则一副早知如此的样子，得意地点了点头。

良久，当娜允望着平静无波的湖水，沉浸在自己的世界里时，耳边突然响起一阵歌声：

"祝你生日快乐，祝你生日快乐！祝我们二十九岁娜允，生日快乐！"

世琳端着造型奇特的蛋糕朝着娜允走了过来。一块块巧克力小蛋糕拼凑在一起，还被淋上了一层酸奶，上面插着一根根杏仁巧克力棒。灿旭在一旁给今天的主角戴上生日帽和蛋糕状的眼镜。时佑一边鼓掌一边哈哈大笑，但好歹没忘记用手机记录这一时刻。

"好啊，你们，昨天在加油站说要上厕所，不会是为了准备这些东西吧？"

娜允咯咯笑了出来，心中不禁有些感动。到了此时，她哪里还不明白，好友们之前的种种不自然的行为都是为了给她准备一个惊喜。世琳的白色运动鞋、灿旭的鸡窝头、时佑的深灰色毛衣……她要将这一切牢牢地记在心里。娜允看着眼前的三人，突然有种不真实的感觉。

娜允装模作样地朝着杏仁巧克力棒吹了口气，然后借着笑声，强行把眼泪憋了回去。世琳也忍不住热泪盈眶。灿旭依然面无表情地咧嘴微笑。时佑嬉皮笑脸地在一旁鼓掌，然后趁着娜允不注意，迅速用手指蘸上酸奶抹到对方脸上，接着撒腿就跑。

哪怕人生中不再有这样的日子，但有了眼前如诗如画的湖光山色，还有这些家伙端着用零食制作的蛋糕给自己唱生日歌的记忆，这片地方和这段时间便能永远留存。她可以想象得到在遥远的将来自己回忆这段时光的情景。只要她愿意，任何时候都能重温这段记忆，还有什么不满足的呢?

刚登上自行车，绕着湖边骑了一会儿，樱花花瓣像雨一样扑面而来。不过这场雨不是倾盆大雨，而是被春风吹起的毛毛雨。湖对面的山涧像是乘坐着舞台升降机，缓缓出现在众人视野中。天空中飘着些许漆黑的乌云和白色的卷云，移动速度快得惊人。不一会儿，一缕缕阳光从云层上洒落下来。一直昏昏沉沉的天空终于迎来了清晨的阳光。天空很清澈，就像是被用过滤镜一样，呈现出完美的蓝色。

娜允的脑海中不由得想起大成里①的MT村。坐在小船上，用船桨给对面的船泼水的二十一岁的早晨；看着远方不知名的小鸟戏水的场景发出银铃般笑声的画面；不在乎在什么公司上班、在什么职位的时光……那是一段不需要天天开会、做汇报的快乐时光。

当时的四个火枪手就像空荡荡的行李箱一样没有固定的日程安排。有时候会无所事事地赖在床上不起来，甚至面对像大海一样广阔的自由会感受到迷茫，以至于反而怀念起高中时期的紧张生活来。

然而当成为打工人，再次踏进繁忙的日常时，大成里MT村的时光彻底沦为幻想。为了证明自己的价值，娜允可谓倾尽了全力。每天不是在绩效管理系统的迷宫中挣扎，就是绞尽脑汁想出各种华丽的辞藻塞入报告书中，以求让自己显得足够优秀，从而获得上司的赏识。因为预约不上会议室而急得直跺脚；上司休假不在公司的时候，谨小慎微地应对合作公司的电话；天天参加自己无法做任何决定的会议；能做的事情只有记录会议内容和传达会议记录……在像初学游泳的孩子一样扑腾的过程中，时间也在飞快地流逝，等她回过头来一看，转眼就到了"奔三"的门槛。

---

① 韩国度假胜地，位于京畿道加平郡。

娜允更加用力地踩着踏板，感觉自己的心始终逗留在某一个瞬间，停滞不前。缅怀的时刻不知道该进入哪种含义的抽屉，就那样停留在原地。娜允只能看着脑海里仿佛有什么想法要破壳而出却又在顷刻间云消雾散。娜允停下用力踩踏板的动作，自行车顺着弯道疾驰而下。链条缠绕齿轮的声音轻快地响起。风吹过耳边，呼啸着，犹如演奏着歌剧的高潮部分。蔚蓝的天空微笑着向娜允敞开怀抱。

***

"娜允，你要不要写信？书吧正举办写信活动。"

"写信吗？……"

"嗯，现在参加写信活动，等到了平安夜，信就会和小说《山茶文具店》一起寄给写信者。如果你觉得没什么话对自己说，也可以写给我。"

娜允用一副"你有病"的表情看着时佑。她承认自己差点忘了时佑那超凡脱俗的幽默感。时佑不以为意地笑了笑，随后听到柳真的招呼，急忙跑下楼去。灿旭和世琳去邻村超市帮忙买东西，估计一个小时后才能回到书厨。

娜允拿着书吧活动指南手册认真翻看了起来。

> 我是延迟邮箱。
> 让我们跟《山茶文具店》里的波波一起写

一封《写给自己的信》吧。

你写的信与《山茶文具店》将于今年的平安夜送到你的手中。

下面还附上了一些说明，提到参加的费用为二万五千韩元，包含书《山茶文具店》、信纸、信封及邮费。信不仅可以写给自己，还能写给别人。另外，如果觉得不好意思给别人写信，可以把寄件人信息、自己想说的话等内容记下来，他们会帮忙代写并寄出去。

如果换作是平常，娜允决不会参加这种活动。不，给自己写信这种幼稚的事情，她连想都不会想。但有了昨晚在带有清新草木香气的山风中露营和凌晨观看在阳光下熠熠生辉的湖泊，以及骑着自行车在樱花纷飞的湖边道路飞驰的经历后，她内心的某处便开始蠢蠢欲动起来。她觉得自己确实有一些话要对自己的日常生活说。

在写信前，她还需要选择信纸和笔、密封蜡和印章，以及信封和邮票。整个过程跟小说《山茶文具店》中波波的代笔写信方式完全一样。面对各种颜色、厚度、质感不一的信纸，娜允简直挑花了眼。她不由得想起初中跟闺密一起写友情日记时使用的蓝色练习本。如果用签字笔之类的东西在上面写字，墨水就会渗进去晕开，导致背面无法写字。想到这里，娜允就挑得更加仔细了。

首先，她想选一种较厚的纸张，用来承载自己的心情。因为是春天，所以她希望信纸能带点粉色。最后，她希望信纸不要太大，最好在折叠三次后，还能轻松塞进信封里。尽管高丽纸[①]很光滑、高雅，但最终娜允还是选择了一张印有樱花纷飞的步行道图案的浅粉色信纸。它相对来说不是很厚，但质地坚韧、不容易折出痕迹的特点让娜允十分中意。另外，她还挑了一款质地较硬，封面中寄信人和收信人栏上画有金色长方形边框的信封。她相信等信纸放进后，信封会变得相当厚实。

挑选笔的过程比想象中快了不少。她直接相中了一款黄色的凌美钢笔，里面装的是蓝色墨水，而且笔尖的宽度也很适中。唯一有点担心的是，她以前几乎没用过钢笔，所以写出来的字可能没有想象中好看。娜允试着在草稿纸上写了几个字，但墨水出得断断续续，写字不是很流畅。她微微思索了一番，果断调了下下笔的角度，结果写字变得很流畅，墨水也没有断流。

坦白说，娜允还没想清楚要写什么，虽然心潮起伏，但内心乱糟糟的，没有一点儿头绪。不过既然是写给自己的信，想来乱一点儿也无关紧要。毕竟不是写给别人看的，就当是写日记好了，反正她也只是想把此时的心情留作回忆而已。

---

① 又名韩纸、高丽贡纸，是一种书画用纸，产于朝鲜半岛。

娜允离开摆着信纸、信封及笔的柜台，走进旁边的一间小屋子里。起初她还能听到周边的噪声和爵士乐演奏曲的声音，但没过多久，这些声音就神奇地消失在耳边，就像是被人按下了调低音量的按键一样。在一个即兴旅行的旅游地，握着陌生的钢笔给自己写信……钢笔在厚实、坚韧的信纸上优雅地跳着舞。哪怕没有构思好要写的内容，钢笔也仿佛知晓主人要说的话一样，行云流水地游走在信纸上。

把信纸整齐地折叠好塞入信封后，拿在手里有一种沉甸甸的感觉。信封那鼓鼓的样子让娜允十分满意。另外，她还加热酒红色的密封蜡，再用印章给信做了密封。印章上刻着樱花纹路和"邵阳里书厨"五个字。

娜允把写好的信投进延迟邮箱里，里面传出啪的一声信掉落的声响。邮箱一侧写着《山茶文具店》中的一段原话。

> 把信投进投信口的瞬间，听到了轻轻的"咔沙"声。
> 一路顺风。
> 简直就像送自己的分身出门旅行似的。
> 等待回信的时光也很快乐。
> 希望这封信能送到 QP 妹妹的手上。

娜允有种难得跟自己的内心交谈的感觉。这些年来，她一直刻意忘却自己内心中茫然、恐惧、疏离、无奈、惋惜等情感。每天从早到晚战战兢兢地处理业务，回到家中脑子里剩下的只有休息的念头，以至于没有余力操心自己的心理状态，而当她直面自己的情感后便发现它比想象中要小很多。她不禁为自己因害怕在郁郁葱葱、层层密密的情感森林中迷路，而不愿意踏入其中的行为感到愧疚。

说到这里，她突然有点期待今年的圣诞节。平安夜读自己在春天写的信会是什么样的心情呢？娜允敲了敲延迟邮箱，内心有种被人接纳了心意的感觉。决定参加即兴旅行的那个早午餐咖啡馆里的香颂、邵阳里书厨中喝着啤酒聊到凌晨的话题、充满惊喜的生日派对和在湖边骑自行车的情景一一闪过脑海。

娜允扭头望向窗外，看到不远处世琳和灿旭提着一大堆东西，正从咖啡馆门前经过。灿旭最先看到娜允，抬起手臂朝她摇了摇。灿旭昨天来时穿着的衬衫不知怎的变得皱皱巴巴的，袖子上还沾着泥土。世琳也看到了娜允，边跳边挥舞着双手打招呼。世琳身上的灰色连衣裙随风浮动着。她朝前探出身子，望着娜允露出询问的表情。这时，时佑跑过来跟灿旭击了个掌，然后指着娜允跟世琳和灿旭说起了什么。

四月的阳光照射在世琳、灿旭及时佑的脸上。今天又是风和日丽的一天。娜允也朝他们挥舞着手臂。她有预感：今天他们四个火枪手的样子将会像照片一样牢牢地被她留在脑子里。同时，今天的天气、空气及周边的风景也将永远停留在这一刻。

　　此时的世琳也没有想到，自己会从今年夏天开始连续好几年在邵阳里书厨当员工。明明三个月后，邵阳里书厨将成为她日常生活的地方，但此时的世琳完全没有意识到这一点，离开时因舍不得而一步三回头。在回首尔的路上，大家都变得异常沉默。

《绿野仙踪》

[美]弗兰克·鲍姆

我相信你有足够的勇气。你现在需要的是相信自己。没有任何生物在面对危险时不感到害怕。真正的勇气是在你害怕的时候还能去面对危险,而这种勇气你已经不缺了。

第三章

最佳路径和最短路径

昭熙的父母是地方大学教授，对女儿的教育一向采取放养态度。家长们趋之若鹜地把孩子送进英语幼儿园，昭熙连一步都没有走近。当同学们在补习班奋战的时候，昭熙则在图书馆里常年以各种书籍为伴。她喜欢由文字构成的世界。对她而言，书中的世界远比现实世界更加鲜活。

进入书中的世界，她会变得比梦中还要自由。她尤其喜欢冒险故事。翻开书页，她可以成为一名探险家，在广阔的沙漠中与外星人邂逅；或变身为一名学者，在亚马孙丛林中研究各种大型昆虫。在书中，她能自由地探索神秘浩瀚的宇宙，甚至是追寻世界七大未解之谜的真相。书就像能穿越时空的时空穿梭机一样将昭熙带入神秘莫测的世界里。

然而好景不长，通过跟同学们的对话、与老师的交谈、朋友父母们的聊天及新闻报道等方式，昭熙开始被迫接触来自社会需求的无言压迫。世界强求她在激烈的竞争中脱颖而出，成为独占鳌头的那个人；强调她要怀着与众不同的梦想发奋图强，成为独一无二的存在。

"昭熙，我们相信你能做得更好。"

"逆水行舟，不进则退的道理，我想你应该明白吧？"

"世界永远只会记住第一名。这一次，你也要再接再厉。加油，昭熙！"

初中二年级暑假，昭熙明白了一旦在竞争中落败，自己存在的价值也会跟着消失的道理。她从未考虑在竞争中胜出后成为一个什么样的人。她只是单纯地不喜欢输给别人。

昭熙的父亲从她记事时起就已经顶着教授的头衔，但母亲直到她上了初中才好不容易被评上教授。不同于从美国研修完博士生课程后一回国就直接评上教授职称的父亲，母亲是一边养育她一边读完国内的博士生课程的，而且直到在国内的地方大学晋升教授，花费了整整七年的时间。虽然地方大学教授的人生比较安稳，但无论是从学术研究角度上来说，还是从财政方面来看，都是相对窘迫的。每次看到父母脸上的落寞和不甘，昭熙就一再警告自己决不能甘居人后。

不知是天生才智过人，还是不服输的性格起到了作用，总之在高中阶段，昭熙一直稳坐第一名，甚至还被保送到首尔大学政治外交系。四年后，她又成功考入首尔大学法学院。虽然每个学期都如没有硝烟的战场，明争暗斗从未少过，但昭熙却十分享受在法学院学习的时光。

考入法学院的第二年夏天，一家大型律师事务所向她抛出了橄榄枝。而到了三年级第一学期的时候，她又成功通过选拔法官助理的考试。于是她就有了大型律师事务所律师和法官助理两个选择。在经过一番思量后，她最终选择了成为法官助理的道路。

法官助理的工作量比她预想的还要庞大。现实中像在法学院学习过的案例那样切合理论的案子更是基本没有。就跟酒桌上前辈们抱怨的一样，需要读的文件数量多得惊人，法院简直就是一个巨大的博物馆。法官的办公室大门关上之后基本不会再打开，而法院的工作人员也是坐在各自的电脑桌前，在落针可闻的寂静中处理着业务。唯一的声音就是把堆积成山的文件夹板装进推车里推走的声音。

在法院里工作的人很少会聚餐，每天都是各自处理完自己的业务后回家。据刚在检察院结束实习成为检察官的同届同学所言，他们那里跟军队服役没什么两样。法院称得上是"个人主义共和国"，抓阄请大家吃零食或中午一起探访美食店之类的事情基本不可能发生。

但即便如此，昭熙也很喜欢法院。对于她而言，梳理数量庞大的信息，从中找出有用的线索，逐渐还原事件始末的过程就是一个个新故事的诞生。她所处的地方就像是一座孤岛，在这座三坪大小的小岛中，每一天都充满死板的时间、沉默和寂静。不过昭熙对此并没有怨言，相反还很享受这个过程。

如今的昭熙早已完成三年的法官助理工作，并在瑞草洞①的一家小律师事务所工作了三年。到了明年，她就能干满"七年法律工作"，有资格申请成为法官。她打算明年秋天申请法官职务，然后尽量在后年春天披上法官袍。

"三十四岁法官——崔昭熙。"

在她看来，自己成为法官已是板上钉钉的事情，剩下的只要等待就可以。直到发生那件事情……

***

昭熙目不转睛地盯着放在文件堆上面的薄薄的四页纸张。纸张上的内容已经没必要再看了，因为她已经通过电话确认，而且昨天还确认过好几遍。昭熙平时看东西就喜欢逐字逐句地仔细琢磨。

她再次瞥了一眼面前的纸张，无力地瘫坐到黑色办公椅上。蓬松的坐垫发出一阵噗的泄气声。静谧的空气就像一条巨大的蟒蛇缠绕着昭熙的周身。需要在三周后开庭前整理并提交的证词、录音记录、请愿书及昨天喝

---

① 首尔市瑞草区下辖的一个洞，这里分布着韩国大法院、大检察厅，首尔中央地方法院、中央地方检察厅等司法机关，也有许多律师事务所在此办公。

完留下的奶昔塑料杯杂乱无章地散落在桌面上。

　　昭熙深深地吸了口气又缓缓地吐出，然后闭上了眼睛。她需要一点儿时间调节一下情绪。办公室里连一丝风都没有。昭熙站在窗边俯视着光秃秃的瑞草洞灰色街道，但心中却没有任何想法。此刻，她的心中突然生出想要逃离这里的冲动。不过一时间，她也想不到什么合适的去处。这一点倒也不能怪她，因为在这七年时间里，她从未进行过哪怕一次旅行、休过哪怕一次假。

　　她随意地点开手机上的照片墙软件，在搜索栏里输入了"深林中的度假山庄"几个字。顿时，大量的帖子涌现了出来。之后，她又试着搜索"乡村书吧""乡村独栋度假山庄"等关键词。昭熙划拉着滚动条，最终将目光停留在某个帖子上。

邵阳里书厨　　树林中的小小治愈，图书主题旅馆&"邵阳里书厨"举办一个月长期预订活动！六月份预订一个月住宿可打四折！我们将为您提供独一无二的"写作工作室"。

　　昭熙点进邵阳里书厨主页。蜿蜒起伏的山脊、与作家的工作室相比也毫不逊色的豪华客房和百花齐放的玻璃庭院、白色木材质感的咖啡馆、樱花盛开的湖边林荫道等照片依次跳了出来。虽然是刚开业的新度假山庄，但博客评论中好评如潮。昭熙毫不犹豫地摁下了"预订"键。

***

位于邵阳里书厨客房楼一层的工作室比想象中要小巧。面积大致有二十四坪，中间摆着一张六人原木桌，房间的基本色调为白色，没有隔断和阻挡物，所以整体显得比较开阔、敞亮，不会有憋闷的感觉。房间的大小十分适合开展阅读和写作等工作。靠近落地玻璃窗的茶几上摆放着黑色插排和手动研磨机；茶几的旁边是三个观叶植物花盆。一面墙壁的嵌入式书柜里摆着百余本图书，每个格子里是不同类别的推荐书籍。这些书籍种类繁多，从小说到人文社科，一应俱全。此外，她还看到一台白色的蓝牙音箱。

放在书柜旁简易椅子上的白色蓝牙音箱里正播放着爵士乐版的《飞越彩虹》（"Over the Rainbow"）。她记得这是电影《绿野仙踪》的主题曲。神奇的是就像事先安排好了一样，一本《绿野仙踪》图书紧跟着闯入她的眼帘。要知道这本书不仅比别的书要小，位置还十分靠后。不知为何，一看到这本书，昭熙就有种偶遇知心好友的感觉，不由得露出欣喜的微笑。

昭熙从小就很喜欢《绿野仙踪》的故事。故事中，主人公多萝茜不慎被龙卷风吹到神奇的奥兹国。她拦住周边的人询问怎样才能回去，结果他们告诉她只有全知全能的奥兹魔法师才能解答这个问题。在寻找奥兹魔法师的路上，她遇到了一个想要拥有大脑的稻草人、一个想要拥有心脏的铁皮人及一只想要获得勇气的胆小狮子。然而等多萝茜和伙伴们历经各种冒险，最终找到奥兹魔法师时，才惊愕地发现，所谓的伟大魔法师其实只是一位平凡、矮小的老人。

昭熙很喜欢这个反转情节，尤其喜欢稻草人、铁皮人及胆小的狮子在冒险过程中心愿得到满足的桥段。另外，多萝茜最后才知道原来自己一直穿在脚上的红宝石鞋随时都能带自己回去的情节，也给她留下很深的印象。

尤其故事中的一段原话更是让她感慨颇深，以至于记在自己的日记本上。

"You have plenty of courage, I am sure," answered Oz. "All you need is confidence in yourself. There is no living thing that is not afraid when it faces danger. The True courage is in facing danger when you are afraid, and that kind of courage you have in plenty."

"我相信你有足够的勇气。你现在需要的是相信自己。没有任何生物在面对危险时不感到害怕。真正的勇气是在你害怕的时候还能去面对危险，而这种勇气你已经不缺了。"奥兹魔法师说。

昭熙透过工作室的落地窗玻璃看向屋外随风摇曳的梅花树枝。无法去冒险的树木只能一动不动地待在原地，但它又何尝不是前往自己的内心世界进行历练，最终以贤者的身份归来的某些存在的真实写照？它是否也有着不会逃避、懂得俯视自己的红宝石鞋子的智慧呢？昭熙想。

就在这时，耳边依稀传来度假山庄员工的说话声。

"你可以随意翻看这里的书籍，包括书吧里的书籍。不过书吧到了晚上十二点就会停止营业，所以希望留到最后的客人出来时能顺手关一下灯。我们现在正举办一个'写作工作室'活动。活动时间分为上午九点到十二点、下午两点到三点两个时间段。活动形式不是聚在一起谈天说地，而是各自读书或写作。至于分成两个时间段是为了能让大家更加专注地做事。一会儿等你来到书吧，我会重新给你讲解一遍。"一位大嗓门儿的员工对昭熙说。

这位穿着整洁、浓眉大眼、身材挺拔的员工显得有些紧张。他手中拿着巴掌大小的笔记本，上面密密麻麻写满了字。他用大大的手卷起手中的笔记本，像演员说台词一样说：

"为了减少环境污染，配套用品和床上用品不会每天都更换。正常的情况是每三天更换一次，不过有需要每天更换的情况也可以跟我说。书吧里的图书可以拿回客房里看，至于 Wi-Fi 账号和密码，则可以在服务指南里查看。"

"好的。"

昭熙很喜欢当前的工作室，不过她并没有表露出来，因为这是一种来自心灵深处的"喜悦"。还有一点是她太累了，所以已经没力气说话了。时佑则显得有点惊慌，因为他还是头一次碰到看见眼前的工作室后不发出感慨的客人。

邵阳里书厨已经开业两个月。由于之前接待的都是过来短期旅游和体验书吧的客人，所以一想到要迎接的是长期投宿的客人，时佑就有点心痒难耐。之前访问过他们度假山庄的客人无一不是赞不绝口。他们比预料的更加喜欢邵阳里书厨，而且都会情不自禁地流露出对这里的喜爱。回去后，他们还会自发地往网络社交平台上传自己拍摄的照片和视频，犹如一名忠实的粉丝。性格亲和、活泼的时佑更是经常打着邀请客人试饮咖啡或试吃甜点的名义跟客人套近乎，以至于往往一天都没过完就能跟对方打成一片。

但唯独一位叫崔昭熙的客人是个例外。对方自始至终都没有表露过任何情绪,让人猜不透她真实的想法。虽说以往的客人并非全都对邵阳里书厨的外观表示过惊叹,但望着窗外的美景时,总是会忍不住心潮起伏。像这位一样看不到一点儿内心波澜的客人,还真是头一次遇到。时佑一边回想自己是否哪里做得不到位一边继续说:

"那……你要是有什么需求,可以到书吧找我,或通过服务指南上的电话联系我。哦,对了,明天的早餐时间是早上八点。如果你不需要就餐,还请提前通知我一下。"

昭熙面带礼貌性的微笑,朝他点了点头。时佑挠着头,带着些许不甘心走了出去。昭熙坐在面向窗户的椅子上,就那么静静地望着窗外。她坐着的并不是那种蓬松的真皮椅子,而是一款坚硬的木质椅子。

前面的桌子旁边放着一个深绿色的旅行箱。阳光透过落地窗照射进来,营造出和谐、安逸的氛围,仿佛要与瑞草洞争分夺秒的日常撇清关系,挂钟的分针十分缓慢地一点点移动着。不知何时,《飞越彩虹》的钢琴演奏声已经渐渐进入尾声。昭熙脑中不断回想着这首歌曲的歌词:

> Someday I'll wish upon a star,
> And wake up where the clouds are far behind me.

Where troubles melt like lemon drops,

A way above the chimney tops,

That's where you'll find me.

有一天，我会对着星星许愿，

然后在云远天高的地方醒来。

在那里，烦恼像柠檬汁一样溶化。

高于烟囱的顶端，

你们将在那里找到我。

　　在这里，烦恼真的能像柠檬汁一样溶化吗？昭熙不禁怀疑。若是像奥兹魔法师的甜蜜约定一样都是谎言该怎么办呢？连行李箱都没来得及打开，昭熙就靠在椅子上睡着了。

***

　　"这都两周了，可怎么就猜不透她在想什么呢？"

　　"谁啊？"

　　"那位叫崔昭熙的客人。"

　　"崔昭熙？我第一次看到她的时候就觉得她这个人很不错。"柳真看着刚走进书吧、嘴里不住地嘟囔的时佑回应道，"虽然话不多，但看着像是一个心志坚定的人。亨俊，你怎么看？"

　　"我觉得她是一个性格稳重的人，有点像准备毕业论文的研究生，不然就是过来写剧本的编剧。"亨俊漫不经心地回应着，脑子里却想着符合对方恬静性格的淡灰色长裙和白色围巾。

亨俊在邵阳里书厨专门负责客房和早餐。三天一次，为了更换床上用品和配套用品进入对方房间时，里面总是播放着爵士乐。埃迪·希金斯三重奏[1]、比尔·艾文斯[2]、史黛西·肯特[3]、戴安娜·潘顿[4]……都是亨俊喜欢的爵士乐音乐人。虽然难以猜出对方具体的年龄和职业，但可以肯定的是她一定是一个性格淳朴、温柔的人。

"上午的写作工作室活动一次都没有落下，莫非真的是过来写东西的？"柳真边给新版图书贴图书介绍和写有分类信息的标签边嘀咕道。

时佑用力搬出整理库存的纸箱，每次拿起四本书装进里面。

"这都快两周了，但怎么说呢……感觉那位客人的脸上盖着一层透明的膜，就像电影里英雄可以抵御敌人攻击的防护膜。"

时佑模仿出用双掌射出光线的样子，恰好这时外面响起了一阵轰隆隆的雷声，坐在窗边的客人们纷纷吓得

---

[1] 美国著名的爵士乐乐队，包括钢琴师、贝斯手和鼓手各一名。
[2] 美国20世纪著名的爵士乐钢琴家。
[3] 美国爵士乐女歌手。
[4] 加拿大爵士乐女歌手。

打了个哆嗦。天空乌云密布，很快就噼里啪啦下起了大雨。虽然时间是下午两点半左右，但天色却跟晚上七点没什么区别。

"嘿，这一周天气好好的，怎么到了周末就突然下起雨来了？"柳真抱怨道。

正在清点库存的亨俊担忧地看向窗外。屋子里的空气沉甸甸的，仿佛凝结在一起。

"问题不是下雨，就怕会刮台风。"

时佑将纸箱放到柜台后面，朝正拿着手机看天气预报的柳真询问道：

"听说从日本生成的台风会经过东海登陆韩国，而且规模很有可能会变大。姐，真要去吗？"

柳真咬着下嘴唇回答说：

"当然要去了，我都不知道多久没享受过文化生活了。"

柳真打开邵阳里爵士乐音乐节主页。虽然可以预料到暴雨天气，但庆幸的是主页上没有取消演出的通知，只是弹出一条安全观看演出的提示。

"啊，太好了。看来音乐节是不会取消了。要知道史黛西·肯特访韩可是头一次，而且听说还有跟Little Flower的合作舞台呢！"

这是第五届"邵阳里爵士乐音乐节"的活动之一。为了开拓地区旅游产业，地方自治团体一直不遗余力地提供经济支援，使得爵士乐音乐节逐渐发展成规模盛大的庆典，每年都有很多韩国独立音乐家[1]、著名歌手及三十多支海外艺人团队参加活动。得知自己一直喜欢的史黛西·肯特将参加音乐节的消息后，柳真提前四周就已经买好了门票。按照提前放出的节目单，史黛西·肯特的表演被安排在今晚七点的黄金时间段。

"亨俊，你不是真的要去吧？能不能清醒点？不要因为老板要去，你也跟着一起发疯啊。"时佑转身朝着亨俊说。

窗外传来狂风肆虐的呼啸声，银色的雨幕被风吹得东倒西歪。亨俊听着尖锐的风声，回答道：

"台风应该不至于，但雨应该不小。"

"真不愧是邵阳里本地的。这一听风雨声就能猜出当天天气如何了。"

对于时佑的打趣，亨俊不以为意，依旧用淡淡的语气说：

"气象厅会实时发布台风路径的好吧。"

亨俊在邵阳里出生长大，即使对于风声和雨声等没有色彩和形状的事物也深有体会。就好比此时，他莫名地觉得今天天气会如气象厅预报的那样，风力会逐渐减小，夜间会持续性降雨。就在这时，手机发出一阵短信

---

[1] 指没有和任何唱片公司签约的音乐人，自己录歌，自己宣传，他们所创作的音乐大都比较标新立异，相当于音界界的"非主流"。

铃声。亨俊点开手机屏幕，发现是气象厅发来的暴雨天气通知提醒。

下午四点左右，柳真和亨俊出发前往邵阳里爵士乐音乐节。外面依旧狂风肆虐，就像歌剧中悲剧情节出现之前的激情演奏一样发出喧嚣的声音。树枝也被刮得哗哗作响，仿佛随时都会拦腰折断。希望别出什么差池，柳真默默地安慰自己。如果发生山体滑坡或湖水泛滥该怎么办？那些艺人要是没办法到邵阳里该怎么办？

***

柳真疑惑地偏了偏头，她觉得对方有些面熟，只是一时间想不起什么时候在哪里见过。脑海里的记忆仿佛在展开一场追逐战，可惜明明近在咫尺，却怎么也追赶不上。直到第三次扭头打量后，她才确定那个挥舞着荧光棒、不时发出尖叫的女人就是长期入住邵阳里书厨的客人崔昭熙。此时，她穿着雨衣站在最靠近舞台的地方。

当史黛西·肯特介绍完自己的新曲开始表演后，昭熙立马转变为一个无比狂热的粉丝。到了七点演出正式开始，暴雨也没有一丝要停下的迹象，反而越下越大。穿着雨衣或打着雨伞的观众们一致站起来享受着闷热的空气中大雨如注的感觉。他们都是一群宁愿冒着倾盆大雨也要来观看演出的音乐迷。或许是通过了真粉丝认证的缘故，现场的氛围比任何时候都要热烈。昭熙混在人群中，毫无芥蒂地跟旁人勾肩搭背，一起唱歌，一起欢呼。

表演一直持续到晚上九点多。由于雨势逐渐增强，歌手们担心观众们的安全，不打算进行返场表演，但"雨衣军团"又岂能轻易答应？直到又唱完三首歌之后，观众们才发出一阵欢呼，意犹未尽地鼓着掌，收拾物品准备离场。广播也开始提醒大家不要遗漏私人物品，按照工作人员的指挥有序退场。

"那个……昭熙小姐！"柳真待在原地等了一会儿，直到昭熙即将经过自己时，小声地叫住了对方。

昭熙吓得打了个激灵，随后朝着声音传来的方向看了一眼，露出略显尴尬的微笑。

"啊，老板！你也是来观看演出的吗？"

昭熙扭头跟周边的人打了声招呼，就离开人群朝柳真和亨俊走了过来。对方的雨衣帽子上不断淌下雨水，脸蛋和雨靴也早已被雨水打湿。虽然不是闷热的夏天，但依然能闻到对方身上淡淡的汗味。她的脸蛋微微泛红，眼神中残留着尚未退去的激动。昭熙小姐原本就是这么开朗的人吗？柳真也礼貌地朝对方微微一笑，说：

"看来你很喜欢爵士乐啊。"

"还好啦，也不算太了解。你也知道，村上春树写的书中经常有关于爵士乐的描述。看多了用文字描述的爵士乐场景，就会不由自主地产生好奇，忍不住找出来听一听。听的次数多了，难免就能碰到几首符合口味的曲子。差不多就是这样子。这也算是'春树无心插柳'吧？"

昭熙看着柳真和亨俊继续问道：

"两位也喜欢爵士乐吗？"

柳真瞄了一眼昭熙滴着雨水的雨靴，笑着说：

"啊，我也差不多。古典音乐太晦涩，国内流行音乐节奏太快，独立音乐又太难理解……只有爵士乐听着不用费脑子，也没负担。不过我常听的都是适合看书时播放的曲子，所以对它的了解也仅限于此。我也不知道这种程度算不算喜欢爵士乐。"

柳真用手肘捅了捅亨俊，接着说：

"旁边的这位才是真正的音乐专业人士，跟我这种业余人士不在一个层次。对吧，亨俊？"

"呀，真的吗？"昭熙双眼放光地问道。

亨俊吓得急忙解释道：

"啊，没有，没有。我只是个菜鸟，以前学的东西早还给老师了。"

三人相视一眼，不禁哈哈大笑，心中莫名地生出对彼此的一丝认同。日常中，他们彼此都是相隔一方的孤岛，但海水下的某处却通过相同的旋律连接在一起。

虽然大家出来时都带有大号雨伞，但柳真和亨俊早已被雨淋成落汤鸡，所以打不打伞已经不重要了。强风裹挟着雨滴，直往衣服缝隙里钻，但也不知是不是因为激动，三人丝毫没有感觉到冷意。

"昭熙小姐，我打算在书吧里烙烤饼，你要尝一尝吗？当作夜宵挺不错的。来之前我就买好了材料，就怕回到邵阳里书厨后会肚子饿。"

***

薄薄的烤饼表面很光滑，带着一丝焦糖色，看起来很可口。亨俊还从书吧柜台的冰柜中拿出一桶冰激凌。窗外一会儿传来噼里啪啦的类似于木材燃烧的声音，一会儿又响起哗哗好似海浪拍击沙滩的雨声，周而往复，不曾间断。三人一边吃着烤饼和冰激凌，一边开心地聊起各种关于演出的话题。

柳真先说出了自己喜欢上史黛西·肯特的经过：

"也不知道为什么，今天看到史黛西·肯特在舞台上唱《幸福寄情》（"Postcard Lovers"），我脑子里就浮现出曾经跟朋友们一起去旅游的场景。就好像那天的风、笑声、温度及跟朋友们的记忆都融入那一句句歌词中……"

坐在一旁的昭熙也颔首说：

"每次听到史黛西·肯特的声音，我的内心就变得很不平静，感觉就像自己成为一条在鱼缸里缓缓游动的深红色小鱼。四周变得一片宁静，感动、温暖、孤独、恐惧等情绪像交织在一起的线团一样缓缓地涌上心头，而灌入耳中的旋律就会像一只温暖的手，帮我抚平这些杂乱无序的情感。"

噼里啪啦敲击窗户的雨声仿佛有种神奇的魔力，能够唤醒人们曾经的记忆。夜晚的风声比白天的要安静不少。三人陷入短暂的沉默中。

"话说，你既然是学音乐的，怎么会想到在邵阳里书厨工作呢？"昭熙小心翼翼地问道。

仿佛在回应她的询问一般，窗外响起一阵呼呜呼呜的风声。亨俊脸上闪过一丝尴尬的神色，但很快用低沉的声音解释起来。柳真一直觉得亨俊的声音听起来像大提琴。

"我当初想当作词人，所以报考了音乐系，可惜没有一家公司愿意要一个寂寂无闻的作词人。毕业后的两年时间里，我参加过征集活动，做过自荐，投过计划书和简历，但每次都是石沉大海。于是我就回到邵阳里，在我母亲好友开的一家园艺铺打工。那时的我过着浑浑噩噩的日子，也不知道自己该干什么。直到我得知邵阳里书厨的存在，并看到那则招聘广告……当天我连夜投了简历和计划书，然后第二天就跑过来面试。"

柳真似乎也想起当天的事情，笑着跟亨俊对视了一眼。她接过亨俊的话，继续说：

"你不知道他当时有多紧张，说话颠三倒四的。不过我很满意当时亨俊的眼神。他的眼神里透着一丝迫切，而且是那种真心实意的迫切……"

亨俊在当初的计划书中写道：希望邵阳里书厨能成为一个"有酒有故事"的场所，一个能让那些被生活折磨得身心交瘁的人得以停靠下来休息的港湾。为此，他还准备了一份详细的策划方案。另外，他提出的网络社交平台营销方案也很有新意。事实上，早在进行面试之前，柳真就对亨俊提交的计划书赞不绝口，还向时佑透露自己想要录取亨俊的意向。在面试快要结束时，柳真望着蜷缩着身子、难掩焦虑之色的亨俊说：

"下周一上班没问题吧？不过房子还没有建完，短时间内你可能要在工地办公了。"

柳真一直觉得夏夜的雨有种神奇的魔力。每当这个时候，人们就会不由自主地分享埋藏在内心深处的秘密。在烈日炎炎的夏天里一直保持沉默的某种情感，一旦到了下着倾盆大雨的夜晚，就会逐渐显露出它的原貌，因为人们会觉得无论自己说了什么，最终都会被雨水冲走，还有就是他们内心中的井早已满满当当得快要溢出，所以有必要向别人倾诉。

正在默默地听着屋外雨声的昭熙说：

"我……这次的体检报告上说，有可能是甲状腺癌。医生说不排除良性肿瘤的可能性，但恶性肿瘤的可能性更大，所以我决定动手术切除它。手术时间就定在下个月。"

四周的空气出现短暂的停滞。柳真一脸错愕地抬头看向昭熙；亨俊也惊呆了，张着嘴，半天说不出话来。屋外突然变得静悄悄的，原本喧嚣的风和肆虐的雨也消停了下来。不过昭熙这个当事人却像是在讲别人的事情一般坦然。

"好在发现得早，还在初期阶段，癌细胞尚未转移，所以只要切除干净就问题不大。医生表示治愈率大概在九成以上，而且近几年医疗技术发展迅速，像我这种情况都算不上什么大病。"昭熙用叉子压了压吃剩的烤饼，平静地说。香草冰激凌的香味淡淡地萦绕在鼻尖。

"事实上，我小叔就是因为得了甲状腺癌去世的，大概在十年前吧。虽然我跟他的关系称不上多好……但他是我周边的人当中第一个去世的。当时我才二十岁出头，所以给我带来的冲击很大。虽说知道人终究都会死的道理，但毕竟也是第一次遇到。记得当时小叔好像刚过五十岁没多久。那个时候，我只知道一个人从世界上消失是一件非同小可的事情。可过了十年，等我查出甲状腺癌之后，我忽然觉得……"昭熙似乎在整理思绪，停顿了一下。

雨还在下，窗外噼里啪啦响个不停。柳真和亨俊就像是等待登台的演员一样安静地坐在那里，随着雨声的节奏，不住地点着头。

昭熙深吸一口气又缓缓吐出，接着说：

"觉得时间真的好短。小叔去世时，我才二十岁出头，但转眼间，我都已经三十二岁了。按照这样的速度，等下次我回过头来再看时，说不定就离五十岁不远了。"

柳真抿了一口已经凉掉的咖啡。亨俊抬头望着虚空，不知道在想着什么。昭熙的表情很平静，但声音中却带着丝丝颤抖。她用纤细的手将刘海向后捋了捋，然后解开扎到一边的头发，重新扎了起来，仿佛要将自己的心神重新收拢起来。昭熙继续说：

"我发现人生中并没有所谓的完美瞬间。以不完美的状态活着，然后等时间一到就人死灯灭。可惜我年轻的时候一直没能想到这一点。我是一个对韩国考试模式适应能力很强的人。我不仅胜负欲强，而且也不排斥有标准答案的客观性考试。我向来对答案明确的客观性考试要领有很敏锐的直觉，所以很幸运地考上了一所不错的大学，又顺利修完法学院的课程，正在为成为一名法官努力奋斗着。"

昭熙好像想起了以前的事情，扭头凝视着窗外的某个地方。雨下得很大。越过那湿漉漉的、散发着草木气味的风景，昭熙的视线也不知延伸到哪里去了。她嘬了一口咖啡，手不断地摩挲着头发，仿佛在确认有没有绑好。

"记得当时看着体检报告上写的怀疑是甲状腺癌，

建议做进一步检查的内容后，我突然生出一种想法：这说不定就是小叔写给我的信。假如是远在天堂的小叔给我写了信，信中他多半会说'昭熙，你要弄清自己真正想要的是什么，而不是人云亦云、随波逐流。你要明白人生远比你想的要短'。"

柳真还记得昭熙第一次来邵阳里书厨的那一天。当时对方显得很疲惫，经常独自沉浸在思绪中。她身后拖着的深绿色旅行箱中可能没有装太多的东西，拖动过程中偶尔会蹦起来。夏天的树林就像进入人生的全盛时期一样充满着鲜活、蓬勃的气息，但当时昭熙身上看不到哪怕一丝夏天的气息。她就像是独自被遗弃在小行星上的人一样，显得那么孤独、落寞。

但在下着倾盆大雨的今晚，在已经找回冷静的昭熙的脸上，二人看到了淡淡光芒。柳真并没有开口。听着昭熙的自述，柳真有种在听别人讲述自己过往的错觉。

昭熙轻轻抿了口咖啡，接着说：

"我感觉自己一直躲藏在安全地带，只是之前没有意识到。大家都认为我活出了自我，从此踏上人生的高速公路。他们为我庆贺，觉得我金榜题名，在激烈的竞争中脱颖而出，但作为当事人的我，却从未想过这场竞争是否出于我的意愿。我一直热衷于享受竞争的过程，但从未细想过这条路的尽头通往哪里。"

从未有人问过昭熙"你想怎么活"的问题，也没有人跟全校第一名谈论过对方想要的是什么、怎样才能活出自我的问题。她一直将与同学们的竞争视为人生的目标。

"直到体检报告给我的人生来了一个紧急制动,我才有机会重新审视自己。我反躬自问,知不知道自己的梦想是什么,有没有正视过自己的人生……"

"原来如此……"

柳真默默地点了点头,对上昭熙的眼神说:

"或许……这反而是好事也说不定。"

"你是指?"

"我说的是你的人生启动了紧急制动。毕竟它没有让你一直前进,直到翻过人生的最后一页,而是将你逼停,让你有了重新审视自己的机会。"

"嗯,说得也是……"

"金英敏作家曾写过一本书,名叫《清晨应该思考死亡》。"柳真轻轻地用手指敲击着咖啡杯杯口说。

窗外的雷声听着像是扬声器低音炮中节拍落下的声音。柳真突然有种身处地下深处的错觉。

"那是一位朋友推荐给我的。当时,她很激动地告诉我,那本书中充满了闪耀的智慧。书中有一段迈克·泰森[1]的原话:'每个人都有一个计划,直到被一拳

---

[1] 美国前重量级拳击职业运动员、演员。

打在脸上。'"

三人顿时笑成一团。屋子里凝重的气氛一下子被打破了。柳真喝了一口咖啡，继续说：

"对于人生中视为理所当然的价值或过程，作者会提出一些关于学业、结婚、成功等方面的问题，询问大家'为什么要这么做'。此外，作者还表示人生苦短，不该为冠冕堂皇的长篇大论花费精力，而是应该多思考自己的人生，多看一些发人深省的书籍。"

昭熙若有所思地点了点头。柳真深深地望了一眼昭熙。

"所以说，焉知非福嘛。你这不是人生启动了紧急制动，而是获得了真正活出自我的机会啊。"

"希望……是吧。"昭熙用双手紧紧地捧着马克杯，接着说，"也许它是我人生的机遇。"

始终在一旁侧耳倾听的亨俊也开口说：

"我的人生机遇是一张飞往澳大利亚的机票。当初从军队服役回来后，我就径直去澳大利亚打工度假。"

这件事情柳真也是头一次听说。

"澳大利亚吗？"

"是的。"亨俊盯着手中已经凉透的黑咖啡说道。亨俊低沉的嗓门儿跟窗外的雨声遥相呼应。亨俊平日里向来不苟言笑，但今晚却给人一种能看得透的感觉，就像在看月亮在水里的倒影一样。

"坦白地说，我当时也是临阵逃脱，因为就算回去继续读实用音乐，我也不知道以后要干什么。后来我的室友跟我说，在南半球看不到北极星，而且在澳大利亚，月亮升起和移动的方向跟韩国的不同。"

亨俊似乎察觉到自己的声音有些不对劲，暂时停下了说话。他发出嗯嗯的声音清了清嗓子。柳真试着估算一下现在大概是几点，但算不出来。于是她又开始想象亨俊在广阔的澳大利亚农田里摘着番茄的场景。另外，她的脑子里还浮现出亨俊和他的室友睡过去后，月亮以自己独有的方式升起又落下的场景。

亨俊接着说："在赤道以北地区，北极星是辨别方向的重要依据。它可以说是一种永远不变的标准，所以人们认为遵循这种标准才是正常的人生。但在赤道以南地区，这种标准并不适用。于是我就望着澳大利亚布里斯班的夜空猜测，当在沙漠里迷路时，星星们指引的方向是否存在差别。在被雪覆盖的山林中寻路时，北半球的人会寻找北极星，但南半球的人则会寻找微弱的南极星。就好比很多人理所当然地认为甜甜圈中间是有洞的，但据说最初的甜甜圈是没有洞的，所以说……我们认识中的世界不一定就是标准。"

柳真突然想起了某本小说中的内容。那个世界上有两个月亮。故事中的人们都觉得世界上有两个月亮是很正常的事情，所以总是会用怪异的目光看待主张有一个月亮才正常的主人公。主人公也感到很困惑，天上明明应该只有一个月亮，怎么会凭空多出一个月亮呢？只有一个月亮的事情对于原来的世界是公认的常识，但在这个他不小心闯入的世界里却有悖常理，因为早在很久以前新闻报道和科学家的相关研究中就已经下定结论说，地球有两颗环绕自己的卫星。

昭熙朝着亨俊点头说：

"是啊，我们的社会向来推崇年龄最小的合格者和能在最短时间内解题的人。明明每个人成才的方式不一样，每个人的人生轨迹也不同，但只要脱离一点儿原有的路径，人们往往都会搓手顿足、寝食不安。"

昭熙冷静的声音听着就像凌晨的溪边无声落下的冬雨，透着一股心寒的味道。

柳真点了点头，回应道：

"大家仿佛觉得第一名的头衔、一流的生活方式便意味着成功的人生，每时每刻都处在焦虑的状态中。我们的社会好像在期待人们不摔倒就学会走路……只要脱离预定的轨迹哪怕一点儿，他们就会长吁短叹，装出一副不可救药的样子。"

亨俊唏嘘地附和道：

"谁说不是呢。嘿，看导航地图的时候，所谓的最短路径也不见得就是最佳路径……"

昭熙双眼放光地拍手附和道：

"没错！设置最佳路径——这种连导航都知道的事情，人们为什么要揣着明白装糊涂呢？"

三人默契地会心一笑。"最佳路径"这一词像是汹涌的波涛一样涌入昭熙的心田。人生不是百米赛跑，但用马拉松来形容也不恰当。也许人生就是找出适合自己的速度和方向，并给自己设定最佳路径的过程吧。

"那个，其实我有一个问题一直想问你。你预订一个月图书主题旅馆，具体有什么计划吗？"

亨俊望着昭熙问道。他的声音已经不再像之前那样小心翼翼和生涩。

"我的计划就是什么都不做。我只是想感受一下大自然的气息，然后看看书、写写日记什么的。哦，对了，还有去参加爵士乐音乐节。"

三人再次相视而笑。屋子里的氛围变得越发活跃了起来。亨俊点头回应道：

"不是，我偶尔经过时经常看到你趴在那里写着什么东西……原来是在写日记啊。"

"是的。起初我只是写写日记，直到我想起《绿野仙踪》的故事，就是那个戴上绿色眼镜，从而看什么都是绿色的世界。我很好奇奥兹国会是什么颜色。在幻想奥兹国神秘色彩的过程中，我的内心突然生出一个想法：就像每个人都有适合自己的颜色，图书是否也这样呢？于是我就开始写一个关于魔法书店的故事，而这家魔法书店会给每一位客人推荐属于他的'人生书'。"

闻言，柳真的眼睛闪过一丝兴奋的光芒。

"哇，我开始有点期待了。"

"嘿，只是随便写写，连个故事都算不上。换作画画，就是涂鸦的水平，哈哈。"

向别人吐露自己的心声后，昭熙原本空虚的心逐渐被填满，淤积在喉咙和胸口之间的情绪也如同冰雪遇到阳光般融化了。

浓郁的黑暗中照进了一丝光亮。向柳真和亨俊倾诉完埋藏于心底早已褪色的心声后，昭熙的心情也变得轻松了不少。就连屋外的雨声也化作轻快的架子鼓声，仿佛在为她加油、打气。当初决定来这里真是明智的选择。一想到这一点，昭熙的脸上就不由自主地泛起了微笑。

下了一夜的暴雨毫无停歇的迹象，但柳真知道它早晚会停息。时间在流逝，有限人生的最后一刻也离我们近了一步。地球上的任何一个夜晚都不能虚度，每个人都需要拥抱夜晚，在晚上开心起舞，柳真想。这一晚，台风终究没能得逞。

柳真吃着已经凉透的烤饼，看向正在和亨俊聊天的昭熙。昭熙不久后就要成为法官，但成为法官只是人生的起点，而非她最终的目的地。柳真希望：昭熙白天能够以法官的身份生活，到了晚上则以自己的兴趣写作来作为一天的结尾。也许几年后，我们就能在书店的陈列架上看到昭熙创作的故事吧？想必到了那个时候，昭熙也已经找到自己人生的最佳路径。

《蝲蛄吟唱的地方》

[美]迪莉娅·欧文斯

痛还在,只是埋藏在很深的地方。基娅把手放在呼吸着的潮湿泥土上。湿地成了她的妈妈。

第四章

仲夏夜之梦

整整五个小时，世琳第一次坐了下来，远远地，看着穿着迷你婚纱走进婚宴厅的新娘的脸。新娘的表情略显疲惫，但也带着对户外婚礼顺利举行的一丝庆幸。她牵着新郎的手，表情轻松下来，笑着跟熟人们打着招呼。

过去的几周里，邵阳里一直被毒辣的烈日暴晒，但今天却难得见到几片铅灰色的乌云，将大片的天空罩住。阳光就像是被车窗上的防晒膜过滤了一遍，异常温和。夏天的八仙花像是象征着永恒的爱的捧花一样，优雅地从庭院墙顶上垂落下来。远道而来的宾客们也纷纷打着招呼，讨论今天的好天气。

这场户外婚礼是世琳七月份来到邵阳里书厨后负责的第一个项目，确切地说是世琳稀里糊涂接手的第一个"作品"。四月份从邵阳里书厨回来后，她就到处吹嘘，说那里风景如画，景色宜人。她不仅在家人和朋友面前炫耀，还在网络社交平台上传了自己拍摄的照片和视频。

"姐，那里适合举办户外婚礼和婚宴吗？"

不久后,她就在网络社交平台上收到智勋发来的私信。起初,世琳并没有想起对方是谁。搜肠刮肚想了好一阵,她才想起对方是南宇哥哥的表弟。哦,原来是那个居住在德国的机灵、心善的小子啊,那个在柏林生活二十多年,但浑身上下看不到一丝"海外同胞"气质的弟弟。

世琳当即回复道:

"那当然。如果我是新娘,肯定希望在那里举办婚礼!还有点小型家庭婚礼的感觉。那样一定很浪漫吧。不过,你这是打算结婚了?"

"如果是我就好喽。其实是我们研究所的前辈要结婚,新娘希望能举办一场户外婚礼。但你也知道,现在首尔的小型婚礼和户外婚礼场地早就排不上号了,所以他们现在正为这件事情到处打听。"

"哦,这样啊。那我帮你跟那里的员工问一问吧。"

当天,世琳就询问时佑能否在邵阳里书厨举办户外婚礼。

而以这个项目为契机,世琳也成了邵阳里书厨的员工。她明面上的工作是设计书厨的各种MD(展销)商品和制定营销相关的试案,但事实上,准备户外婚礼、婚宴及研讨会等小规模活动也属于她的工作范畴。

第一次筹备户外婚礼的感觉就像是在跑马拉松。为了能够让户外婚礼空间、婚宴酒席、派对装饰及音乐更加协调，世琳每天都忙得脚不沾地。她不仅去各种著名酒店的户外婚礼现场实地考察，还不断与自助餐饮企业协商，调整婚宴酒席菜单。为了把婚礼现场上的照明和道具布置得当，她走遍了无数照明商店和派对用品商店。此时的她就像是在"邵阳里书厨"这一巨大画布上，用尽浑身解数描绘出一幅倾尽自己所有幻想的画，而这幅画的名字就叫"婚礼"。

"姐，好久不见。"

"哇，智勋，你现在都成大叔了。"

虽然四年没见，但世琳却没有一点儿生分的感觉，因为智勋身上有着她的初恋男友南宇的影子。智勋不是一个话多的人，却属于那种平易近人的类型。四年前见到智勋时，他刚从军队退役，头发很短，粗糙的脸上长着几颗显眼的粉刺，而今天见到的智勋则穿着一身干练的正装。他的肩膀变得更宽，头发用发蜡打理得一丝不乱。深蓝色套装搭配黑色尼龙搭扣皮鞋，显得很帅气；还有脚上穿着的深紫色条纹的灰色袜子，看起来也很时尚。此时的他正笑吟吟地看着世琳，相比以前整个人显得更加沉着、温和，但似乎也变得更加油滑。

"刚看到你发来的消息时，我还以为是你要结婚呢。不过你怎么进了研究所？现在是回到韩国了吗？不打算回去了？"

"是啊，姐。我现在正在读首尔大学心理学硕士研究生呢。四年前退役后，我就在韩国报考了研究生。以后就在韩国生活，不打算回去了。"智勋笑眯眯地说。笑成月牙的眼睛一如当初，南宇哥哥也是这么笑的吧？世琳不由自主地想起南宇的面容。当初那种心如刀割的感觉已经找不到了，剩下的只有一点点的惆怅，但更多的还是一种淡然。不过偶尔曾经的美好回忆浮上心头，心里也会变得暖暖的。

"怎么，在柏林待了那么久，还放不下韩国？不过，那位……莫非就是你跟我提过的朋友？"世琳不着痕迹地瞥了那人一眼，转过头低声问道。

智勋微笑着点了点头，但世琳还是敏锐地捕捉到对方眼中闪过的那一丝黯然。智勋像是在调整情绪一样，轻轻地舒了口气。

"嗯，她就是我说过的那位朋友，玛丽。"

***

玛丽和智勋是一对青梅竹马。玛丽在三岁时跟着父亲来到德国柏林，而智勋一家也是在他六岁的时候移民到柏林。玛丽和智勋可以说是在截然不同的环境下长大的。就像是不同时代的人被放到了同一片天地里，两个家庭完全是两个极端的存在。

玛丽的父亲是一个军火商；或者说，玛丽在二十岁以前一直认为是这样。她父亲的过往就像神秘的海底一样深不可测,让人不可捉摸。玛丽的记忆中并没有关于韩国的回忆。她有一张三岁时拍的照片,而玛丽的生日又在十月份,所以可以断定她是在出生十八个月[①]左右时来到柏林的。在她的家里,"妈妈"一词是一个不允许提及的禁忌。在举目无亲的德国,想要一探究竟也没个去处,所以年幼的玛丽也只能通过想象来挂念妈妈的存在:比如妈妈适合穿什么样的衣服,她在拍照时会露出什么样的表情,等等。偶尔,她也会照着镜子,猜测自己和妈妈的五官哪里相像。

不同于貌合神离的玛丽和她父亲,智勋的家庭称得上是相亲相爱一家人。他们一家人相互关爱,能够毫无嫌隙地分享彼此的幸福和苦恼。

智勋的母亲在柏林的韩国城经营一家洗衣店,每天早上六点开业,晚上十一点才打烊。虽然母亲一直头发蓬乱,眼神里透着疲惫,父亲每天为生计问题愁眉不展,但智勋从未觉得有什么不满。

即使工作再忙,智勋的父母也会每天向他表达他们爱他。他们把用来给智勋买生日礼物的钱单独存进一个小储钱罐里;到了星期天,还会带着他到柏林公园、画

[①] 韩国算虚岁时会把孕妇怀孕的时间算进去。孕期是9—10个月的时间,约等于一年,所以,在韩国出生的新生儿按照虚岁算已经一岁了。生日只要过了元旦,就再加一岁,所以会出现玛丽这种刚出生十八个月却已经算三岁的情况。

廊、自然历史博物馆和动物园等地参观游玩。每一刻的温馨时光都被保存在一张张相片里，作为一家人相爱的见证。在智勋的记忆里，他的父母总是竭尽全力地生活，总是向他流露出灿烂的微笑，总是向他表达爱意。这也是父母能给智勋最好的人生教育。正因如此，智勋才能成长为一个坚强、有安全感的孩子。

来到德国的第五年，智勋一家的生活才开始有了一点儿起色。首先，洗衣店的收入日益稳定，甚至还收购了一旁即将倒闭的食品商店，而且自从在米特区[①]开了二号连锁店后，即便提高洗涤费和修改费，闻风而来的客人依旧络绎不绝，因为那里充满了真情。洗衣店能让人感受到真诚和温暖，食品店里的人们也彼此热情地打着招呼。在这里，客人们感受到了久违的关心和爱护，所以总是会情不自禁地光顾。不是因为有要洗的衣服，也不是因为肚子饿，而是为了填补自己空虚的心灵。正是智勋父母的一言一行，让那些原本失去色彩的人找回了缺失的情感，让皱巴巴的心得到抚平。有了这样的基础，洗衣店和食品店的生意兴隆可以说是水到渠成。

智勋在十一岁时转入了一所国际学校。这所学校离柏林市区有约三十分钟车程。自此，他的父母在移民

---

① 德国首都柏林的第一区，也是该市最中心的一个区。米特在德语中即"中部"之意。米特区是柏林的历史核心区，柏林最重要的一些旅游名胜，比如勃兰登堡门、德国国会大厦等都坐落于此区。

到德国时立下的誓言终于兑现。国际学校在教学课程和教育环境方面堪称完美，虽然每年的学费多达数千万韩元，但他的父母却一点儿都不在乎。

转学的第一天，智勋怀着激动的心情踏入校门。走进古色古香的红砖建筑里，入眼的是一间间敞亮的现代装修风格的教室。每个班里有十五名学生，课堂里全程用英语授课。学校里还有专门学习骑马、长笛、游泳、网球、芭蕾、橄榄球及音乐剧的活动场所。班主任是一位始终面带微笑的好老师。高高的天花板擦拭得光可鉴人，操场上的绿色草坪始终打理得很平整。对于智勋来说，国际学校就像是一个天堂。他很容易就能和不同国籍的同学们成为好朋友。

成为转学生的第一天，十一岁的智勋第一眼就认出坐在教室第二排的玛丽。说是认出来，其实应该说是保存在脑海中的影像自动播放了出来更为贴切。智勋第一次见到玛丽是在他八岁那年参观柏林自然博物馆的时候。当时玛丽面无表情地跟一旁同样一脸庄重的姐姐坐在大厅里，智勋在经过玛丽的身旁时忍不住回头望了一眼。那个女孩虽然有着洋娃娃一样的可爱面庞，但眼神中却带着同龄孩子身上很难见到的阴郁。智勋很快就意识到那个女孩在看着自己一家人。当时智勋的爸爸妈妈各自牵着智勋的一只手。想到辛勤工作一周后，能够陪儿子一起观看恐龙化石，他们的脸上就洋溢着幸福的笑容。智勋的妈妈还在一旁不断地用韩语跟智勋交流。一直到智勋一家人通过拱形通道，消失在摆放着蝴蝶等昆虫标本的房间，她的视线都没有离开他们。在这期间，智勋的眼睛偶然与玛丽的视线撞在一起，而那个画面就像是一记烙印，深深地印在智勋的脑海里。

***

二十八岁的玛丽从未醉过酒。即使在杯觥交错、气氛拉满的酒桌上，只要她自然地装醉，就不会有人去怀疑。朋友们都认为玛丽是一个酒量很差的人，但事实并非如此。玛丽从不相信催眠术或心理咨询。与其说是不相信，不如说是刻意回避更为恰当。玛丽总是战战兢兢，生怕自己脑子里的想法会在无意间脱口而出。每次说话前，她都会事先在脑子里过一遍，看看自己要说的谎言能否站得住脚、编出来的谎话是否有遗漏……不知从何时开始，谎言反而比真话更能让她感到安心。毕竟实话总是很沉重。

"马上要回美国了吧？不觉得遗憾吗？"

"遗憾也没办法，妈妈已经下了最后通牒。"玛丽敷衍地回了一句，扭头打量起周边的景色。

随着晚霞映红西边的天空，庭院里的婚宴也开始了。微弱的黄色灯光横穿草坪，形成一条拱形光晕。符合夏夜风情的华尔兹从音响里缓缓流出。

玛丽当然没有一个可以管束她的母亲。但事实证明，任何人只要听过她讲述的关于自己"母亲"的各种事情，都不会对她拥有母亲的事情抱有怀疑，哪怕这位母亲性格多变，时而温柔亲切，时而爱耍小脾气。玛丽就像一个细心、执着的编剧，一点点完善着自己的人生剧本。她牢记剧本中设定的各种细节和人物，然后不断告诫自己，这一切都是真的。玛丽觉得这种过程就像是在给自己洗脑。不过只要想起智勋的母亲，她就能很轻易地说服自己，让自己信以为真。

神奇的是，只要构筑一个虚假的世界，再用经过精雕细琢的谎言建造房屋，房子就会真的出现在眼前。人生本来就是真假参半，更何况虚假的世界往往更加甜蜜和安逸。

"你母亲要是能跟你一起回到韩国就好了……只做一年的交换生很难留下什么研究成果，所以我觉得吧……"

也不知是没眼力见，还是原本就是厚脸皮，总之前辈依旧自顾自地摇着手中的香槟杯与玛丽攀谈起来。说起来，这位前辈还是在媒体交流领域研究认知心理学的资深博士研究生。香槟杯中的泡沫就像宝石一样散发着晶莹的光芒。

"啊，前辈，麻烦先等一下。"玛丽露出两排整齐的牙齿，微笑着打断前辈的话，然后像是在打招呼一样，朝着某人点了点头，随即从座位上站了起来。前辈疑惑地扭头向后看去，但看了半天也没能看出对方是谁。那里聚集着很多自己熟悉的研究所的同事和前辈们，他们一个个温文尔雅地小声交流着什么，不时地还爆发出阵阵魔性的笑声。

玛丽像一只披着保护色的变色龙，非常自然地融入那群人。她看着不久前一起在练歌厅勾肩搭背、鬼哭狼嚎地唱歌喝酒的某位同事露出了灿烂的微笑。玛丽喜欢韩国不分彼此的酒桌文化。她长这么大从未见过人与人之间如此没有隔阂的社会。韩国特有的强调"咱们是什么关系"的团体精神在酒精的刺激下蠢蠢欲动，而在这里，玛丽就像是回到自己家里一样自在。

婚宴自助餐桌上摆放着一排排炖猪排、凉拌粉丝、各种煎饼、紫菜包饭、寿司、韩式烤肉、喜面①等美味的韩餐。一旁朴素而又沉甸甸的陶瓷餐具闪耀着晶莹的光芒，更是激起人们对美食的期待。玛丽的脑海里不由得浮现曾经在智勋家里过圣诞节的场景。在全罗南道②丽水③出生的智勋母亲经常会将丽水的特色美食搬到德国柏林，她会想尽办法在当地订购或者从韩国空运所需

---

① 又叫"温面"，是将细面条或者荞麦面泡到热酱汤里，再放上菜码食用的一种面食。在韩国，结婚时吃喜面有祝福新人长长久久的意思。
② 韩国西南端的一个道。
③ 全罗南道第二大城市，是韩国南部水产品集散和加工中心，饮食以海鲜为主。

的各种食材，然后牛刀小试地制作一桌丽水特有的美食。其中包含炖青花鱼、海鲜汤主菜及芥菜泡菜、酱牛肉鸡蛋、凉拌豆芽、煎豆腐等九种小菜。

当时玛丽还是头一次接触以海鲜为主的韩餐。她虽然熟悉韩式烤肉、不辣的泡菜等韩餐，但从未接触过海鲜汤、炖鱼、芥菜泡菜等食物。明明是第一次品尝的食物，不知为何却让她的味蕾产生一种怀念的感觉。玛丽的韩语说得并不流畅，但基本能听懂智勋和他父母说的话。跟智勋和他的家人们在一起时，玛丽并不需要去编造谎言，因为智勋的家人相信每个人都很平凡，而且只有在穿着平凡的外衣，追求自己的生活时，那个人才是最耀眼的。他们完全不理解虚张声势的人生所带来的刺激和优越感，例如以"这个我最清楚""我以前赚得不比这个少""我告诉你啊"等话语开头的虚伪做作的风气，在他们一家子身上完全看不到。

因此，跟智勋待在一起时，玛丽不会有想要成为别人眼中完美、特别的存在的强迫心理。智勋一家子从不会对玛丽的事情寻根问底，也从未对玛丽的过往表示过好奇。他们不会旁敲侧击地询问玛丽"父亲是干什么的""家里富不富裕""跟妈妈有什么回忆""未来梦想是什么"等问题。对于智勋的父母来说，玛丽只是智勋的朋友；而对于智勋来说，玛丽同样只是自己在德国遇到的"韩国朋友"，仅此而已。在智勋一家人面前，玛丽可以卸下伪装，毫无顾忌地展现真实的自己。

"玛丽……这里！"站在庭院一角的智勋朝着玛丽喊道。虽然声音不大，但在玛丽耳中却听得十分响亮。看到玛丽离开人群走向智勋，一旁的心理学研究室的男同事们一个个都偷偷地朝她看去。

玛丽有着一张白皙的脸、光洁高耸的额头及一双像洋娃娃一样灵动的大眼睛。染成亮褐色的长发被她扎成马尾，轻轻地摇曳在风中；没有任何纹路的黑色连衣裙硬是让她穿出了惊艳的感觉。淡淡的妆容反而突出了她本就俏丽的容颜。玛丽走路时肩膀会像受到惊吓的孩子一样微微蜷缩，但迈出的步伐却轻盈而优雅，仿佛一只翩翩起舞的白鹭。玛丽的身上仿佛笼罩着一层神秘的面纱。虽说一起在研究所工作了一年之久，但众人对玛丽的了解依然停留在她刚进入研究所的时候。

"喂，你就不能长点心吗？"眼看穿过庭院朝自己走来的玛丽要摔倒，智勋眼疾手快地将对方扶住，笑着说。

玛丽抬起头，看到穿着一身干练正装的智勋正朝着自己咧嘴微笑。他的旁边站着一位长相可爱的女孩，似乎在偷偷打量着自己。

"这么多年了，你真是一点儿都没变。"
"智勋……"
玛丽下意识地点了点头，脑子里却想着智勋上一次这样对自己笑是什么时候的事情。

***

爱摔倒是玛丽的特长。明明有着令人嫉妒的容颜和身材，却动不动就会摔倒。比如在国际学校学习芭蕾舞时、在学校走廊里走路时、在宿舍楼前的庭院里举办万圣节派对时、在进行音乐剧彩排时……甚至跟智勋成为好朋友也是因为摔倒。有一次，玛丽在学校走廊里经过时差点跟智勋撞到一起，而在转换方向时，她不小心摔倒在地上，扭伤了脚腕。由于没办法动弹，所以只能由智勋背着她去保健室。于是从第二天开始，他们二人就渐渐成为无话不谈的好朋友。

当时，玛丽的脚打了石膏，而智勋觉得是自己不小心才导致玛丽受伤的，于是就经常主动帮对方提书包、拿学习用品。自那以后，他们二人就一起做作业，一起阅读在读书讨论课中需要讨论的《杀死一只知更鸟》《绿山墙的安妮》《小王子》等书。

玛丽见到智勋的父母是在那一年圣诞节即将到来的时候。

"哇！谁家的姑娘长得这么俊俏啊？"

智勋的母亲一见到玛丽就不由分说地一把抱住了她，俨然好几年没见侄女的姑妈一样。玛丽虽然紧张得浑身僵直，但并不讨厌这个带着食物味道的温暖怀抱。智勋乐呵呵地笑着向自己的父母介绍玛丽：

"妈,她就是我之前说过的玛丽。虽然德语说得最好,但韩语也还可以。听说是从幼儿园时期开始一直找课外老师学的韩语。"

"一直坚持学习韩语可不是一件容易的事情。真的很了不起,不愧是'韩国姑娘'。"

智勋的父亲穿着一身笔挺的西服将他们迎了进来。玛丽小心地握住了智勋父亲伸出的手。玛丽没想到的是对方的手远比她预料的要柔软许多。

从那以后,玛丽跟智勋一家人一起吃了六次圣诞晚餐。智勋理所当然地认为第七次圣诞节也是跟玛丽一起过。但在圣诞节前夜,他却怎么都联系不上玛丽。智勋以为玛丽肯定是有什么事情,等事情解决了就会联系自己,但往后的十年里,玛丽再也没有出现过。她似乎铁了心要断绝二人之间的关系,就那样消失得杳无踪影。事实上,只要愿意,玛丽完全可以联系到智勋,但她并没有这么做。

智勋考入莱比锡大学并获得心理学学士学位。智勋以为上了大学就能找到玛丽,但事与愿违,无论他怎么寻找,都找不到一丝跟玛丽有关的线索。玛丽没有朋友,也没有登录过社交媒体账号,更没有拍毕业照,就连地址都没有公开过。但就算如此,智勋也没有放弃;或者说,他的心不允许他放弃。在与玛丽一起时,他以为他们之间的感情只是朋友之间的情谊,但直到分开之后，他才意识到对方早已牢牢占据他内心的一角。思念不时地敲击他的心房，记忆就像被染红的枫叶一样越发鲜明。智勋越来越确定，自己对玛丽的情感已经超越了友谊的范畴。

他想起玛丽每当面对陌生人时那种戴上伪装的面具，将真实的自己隐藏起来的样子。小时候，他对此并未太过在意，但如今看来，当时的玛丽似乎更加习惯戴着面具的自己。智勋有些后悔自己当初明明察觉到对方身上的异常，却从未主动询问或安慰过她。尽管玛丽表面上看起来是有着复杂、计较、不可捉摸的性格，但作为好友的智勋，却很清楚她的真实情况：她不过是一个胆小、爱哭、向往平凡生活的女孩而已……

到了今天，在夕阳下的邵阳里书厨庭院里，玛丽活生生地站在智勋的面前。跨越十年的岁月重新出现的玛丽正直直地看着智勋。智勋知道玛丽只要下定决心，依然可以像海市蜃楼一样再次消失。智勋感受着心头像石头压着一般的酸楚，向玛丽介绍道：

"这位是世琳姐，一位著名的插画家。"

"这小子就喜欢胡说八道捉弄人。哈哈，听说你们是在德国一起长大的发小？"

"啊，是的。我……"

玛丽反射性地咽了口口水，接着说：

"是玛丽。"

玛丽想着自己要不要装作韩语生疏的样子克服眼前的难关。尽管无法用言语来描述，但无论是小时候一起长大的智勋，还是眼前这位笑起来眼睛很可爱的女人，都让她感到有些不自在。可能是出于不能说谎的想法在作祟吧？玛丽想。

"玛丽，很好听的名字，跟你的形象很搭。哦，对了……"世琳像是突然想起来似的转移了话题。她虽然极力保持着镇定，但依然能听出她声音里透着激动。

"今天晚上七点开始有一个深夜书房活动。就是附近的一些小书馆依次营业到晚上十一点，并在那里举行读书活动。今天是活动的最后一天。正好婚宴七点就结束，所以深夜书房活动会照常举行。今天主持活动的是我们这里的老板……如果你们有兴趣的话，不妨过来看看。怎么样？"

说着，世琳就给玛丽递了一本小册子。智勋微笑着朝世琳点了点头，然而玛丽并没有看到世琳和智勋之间挤眉弄眼的小动作，因为玛丽正在聚精会神地读着小册子《仲夏之夜读书会》的内容。

8月的书：迪莉娅·欧文斯的《蝲蛄吟唱的地方》

请通过被遗弃在湿地的基娅的人生，倾听一个人内心孤独的声音吧。

玛丽根本不想想象什么被遗弃的少女之类的事情。从小册子上移开目光后，玛丽保持着淡定的表情，自然地转移话题：

"啊，我突然想喝一杯拿铁……"

"我们不如去看看吧，玛丽。"智勋打断了玛丽的话。他低沉的声音中包含着某种果决。玛丽下意识地看向智勋，他们的眼神交织在一起。

玛丽从智勋的眼中看到了一汪清澈的湖水般的世界。那是一个有温暖的月光洒落的平静的湖边。一头小象悠闲地在湖边喝水。周围一片寂静，却刮着阵阵柔和的风。这里即便没有阳光，也没有一点儿阴郁的感觉。与此相反，玛丽的眼睛里则是一个混乱颠倒的世界。那里有呼啸而过的过山车，有飘浮在半空中的大大小小未经整理的记忆碎片。破烂不堪的房子岌岌可危，仿佛随时都有可能坍塌。

智勋就那样静静地看着玛丽。

玛丽，不要担心，一切都会好起来的。

智勋用眼神说。毕竟人的情感太过深奥、复杂，难以完全用语言来表达。玛丽对智勋清澈干净的眼神感到恐惧，因为她害怕自己会让对方的眼神变得跟自己的一样。玛丽至今依旧在秘密的泥塘里挣扎。她不能将对方也拉进这个深不见底的泥塘里。玛丽无言地望着智勋，但好不容易鼓起来的勇气没能挺过几秒就像被戳破的气球一样泄得一干二净。

***

书馆咖啡厅的讨论室里正开展一场读书会。里面缓缓地流淌着轻柔的钢琴曲。长长的原木桌子上围着十七八个人，还有一个人坐在投影仪前认真地朗读着小说的内容。

> 太阳温暖得像一床毯子，裹在基娅的肩头，哄她深入湿地。有时她在晚上会听到一些陌生的声音，或者被太近的闪电吓一跳——每一次跌倒，都是大地接住了她。最终，在某个无人知晓的瞬间，心里的疼痛像水渗入沙子一般消退了。痛还在，只是埋藏在很深的地方。基娅把手放在呼吸着的潮湿泥土上。湿地成了她的妈妈。

文章的内容转化成声音散布到整个空间里。通过某个人的声音，印在纸上的文字像是刚出生的动物幼崽一样迈着蹒跚的步伐走进现实世界中。不知不觉，小小的讨论室转变为"基娅的湿地"。窗外依稀传来知了的叫声。透过玻璃窗，几只萤火虫像是迷路的流星一样拖着长长的尾巴在黑暗中飞舞。

负责主持节目的柳真开口道：

"想必大家从《蝲蛄吟唱的地方》中的基娅身上发现了许多跟自己相似的地方。基娅的母亲在她五岁的时候离开了家，再也没有回来。无力抵抗父亲暴行的兄弟姐妹们陆续离家出走。最终就连酒鬼父亲也撒手人寰。就这样，最小的基娅一个人孤独地留在只有湿地和沼泽的大自然中。"

玛丽有种被撞破心事的感觉。这种感觉就像是一直以来被自己裹得严严实实的秘密被人扒出来放到阳光底下暴晒一样。玛丽可以察觉到紧贴在自己脸上的假面正在一点点消失不见。玛丽不由自主地开始想象基娅的清澈眼眸。

柳真继续说：

"在全世界都在疯传关于基娅的各种流言蜚语时，基娅以'孤独'为伴，借助湿地和沼泽赋予的力量慢慢地成长起来。随着被基娅的神秘魅力所俘获的蔡斯和基娅唯一的童年玩伴泰特的登场，基娅的人生也开始风云突变。我认为，这是作家通过基娅的孤独挣扎和泰特至高至纯的爱情，向读者们反问人生中对孤独的定义和爱情的意义。"

两年前，第一次读《蝲蛄吟唱的地方》时，智勋就想起了玛丽。当时，玛丽还未重新闯入智勋的生活。智勋想象着不知身在何处的玛丽，只希望她能看到这本书。

智勋明白，只有故事中广阔的湿地才是玛丽的归宿。只有在那里，她才能获得心灵的慰藉。这种慰藉跟她与朋友在咖啡馆或酒吧里谈心是完全不同的概念。在那里，基娅会静静地陪伴玛丽一起观看日落，与她一起度过将世界像血一样染红的孤独时光。只要遇到这本书，玛丽就有了可以吐露心声的朋友。届时，她可以把任何事情毫无保留地说给基娅听……

第一项会话活动结束后，读书会的成员们开了一个茶话会，彼此交流读后感。智勋告罪，去了趟洗手间。玛丽拿起桌上摆着的《蝲蛄吟唱的地方》，翻开第一页认真看了起来。这本书确实很特别，仅仅是开头部分就已引人入胜。

正当此时，身后传来智勋的声音：

"准备好了吗？"

玛丽吓得打了个激灵，转过身子问道：

"什么？"

智勋扬了扬手中的防蚊喷雾，说：

"要来一场仲夏之夜的散步吗？"

"你是说现在？没看到我穿着高跟鞋吗？"

看着一脸无语的玛丽，智勋辗然而笑，因为他从玛丽的眼神中看到了小孩子发现好玩的玩具时的那种意动。

智勋拐进了连接着邵阳里书厨后院的小路。潮湿闷热的仲夏夜的空气就像没力气升空的热气球一样飘浮在周围。虽然道边没有路灯，但周围月光皎皎，林荫小道上有不少人影在晃动，不时传来叫喊声和孩子们嬉笑打闹的声音。不远处的草地上，一只只萤火虫闪烁着黄绿色的光飞来飞去。几个七八岁的孩子怪叫着追着流萤跑来跑去。天气虽然闷热，但从树林里吹出来的风却无比凉爽，带走身上的燥热，让人精神百倍。

"早知道这样，我就回去先换鞋再过来了。"

听到玛丽的抱怨，智勋笑了一声，随后放下背包，从中掏出一双运动鞋。

"我就知道你会抱怨。"

"呀，你什么时候……怎么办到的？"

"送你的生日礼物。你穿欧洲码三十六点五对吧？"

"嗯……"

智勋不经意地说着，把鞋子放到玛丽的脚下。玛丽犹豫了一下，穿着鞋子对智勋说：

"你知道那个说法吗？在韩国，送别人鞋子，对方最终会逃走。"

智勋无言地盯着玛丽看了许久。玛丽一看智勋的表情就知道对方在想什么，不由得感到一阵揪心。

"知道。玩失踪你是专业的嘛。"

智勋装作开玩笑的样子咧嘴笑了笑，但心里却始终有个疙瘩没有解开。玛丽一时间也不知道该如何开口，只能低头不语。智勋扶着玛丽站起来，指着某个地方说：

"就在下面的那个地方，再走五分钟左右，就能看到一片湿地。"

二人从林间小道的岔路拐了进去。那里有一片沼泽地，周边有几对情侣在牵着手驻足观望。蛙鼓、虫鸣、蝉声，此起彼伏，像是开交响乐演奏会一样，震得耳朵都快要失聪了。沼泽吹来的风不只凉爽，还带着丝丝凉意。山里的蚊子在耳边嗡嗡乱飞，让人一阵心烦意乱。由于光着脚穿鞋，所以脚底黏糊糊的很难受，但玛丽一点儿都不介意，反而有些欣喜。仲夏的韩国，在流萤飞舞的树林中，一旁还有智勋相伴，她宛如置身于梦中。另外，同样初来乍到的智勋对周边的情况了如指掌也让玛丽感到有些诧异。

"到了，就是这里。"
"哇……这些都是什么呀？"
"是啊，这些都是什么啊。"

智勋柔和地笑了笑。那里铺着一层红色格纹的席子，上面有一只野餐篮子，里面装着甜点和香槟。篮子前放着一张画有萤火虫和树林的明信片，上面有一行手写的字："致智勋和玛丽。"

"刚刚介绍给你认识的世琳姐，她跟我说这里是观看萤火虫的风水宝地，还神秘兮兮地说会有惊喜。没想到居然会是……哈哈！"

数十只萤火虫成群结队地穿过一片小水洼的上空，忽上忽下地飞舞着，仿佛在向众人传达什么信息。玛丽喝着香槟，眼睛却紧紧地盯着萤火虫，一秒钟都舍不得移开。

"这里好美啊，感觉像是来到了某个外星球。"

"据说这里原本没有萤火虫，是邵阳里书厨从茂朱[①]迁过来的。"

"啊，是吗？看来是花费了不少心思。"玛丽重新环顾了一下四周说。

智勋露出他特有的柔和的微笑，点头说：

"听说顺着我们刚才过来的小径一直往前走就能看到湖泊。这条路以前村子里的人常走，但后来邻村通了国道之后，就没有人再走了。于是邵阳里书厨就弄了这个萤火虫景点，好让人们知晓这里是一个多么美丽的地方。"

"原来如此。没了需求，所以消失了……"

智勋从篮子里掏出一个蛋挞咬了一口，然后望着流萤继续说：

"你知道吗？萤火虫每年能发光存活的时间最长也

[①] 韩国全罗北道东部的一个郡，是韩国的滑雪胜地之一，曾举办过1997年冬季世界大学生运动会，当地亦以萤火虫景观而著名。

只有两周。在照耀十四个夜晚之后，它就会从这个世界中消失。我想人生中能够敞开心扉、推心置腹地聊天的机会其实并不多……你说我们一生能坦诚地聊真心话的夜晚会有十四天这么多吗？"

玛丽的脸色一下子变了。智勋侧头看了眼玛丽，但玛丽却躲开他的视线，抿了一口香槟，并没有作声。他看到玛丽的表情有点僵硬。智勋放下手中的蛋挞，挺直了腰身。

"你可能不知道，去年三月份，我看到你坐在学生食堂的长椅上……起初我只是觉得她是一个长得跟你相像的人，可是我没想到自己的身体会先一步做出反应。当时我的头皮一阵发麻，不由自主地停下脚步。当我回头看过去时，你也怔怔地望着我。整整十年，你突然又出现在我面前……而且还是以心理学研究所同事的身份。怎么说呢？倒也符合你的作风。"

智勋不由得回想起当时的情景。一别十年，再见到玛丽是在一年前的某一天，那个时间重新开始转动起来的下午。智勋默默地盯着玛丽看了许久，仿佛这样可以让他挖掘出时间的痕迹，但他无法向玛丽质问任何事情，因为他未能从玛丽的眼中看出任何情绪。玛丽给自己修筑的围墙已经变得更高、更坚固。

最终，玛丽还是率先打破沉默，坦然自若地朝智勋打起了招呼。她告诉智勋自己之前在美国读社会心理学硕士研究生,现在是来韩国做一年的交换生。智勋知道,用不了多久,玛丽就会再次消失,仿佛从未出现过,就像仲夏之夜的梦一样。

萤火虫发出嗡嗡的声响飞来飞去。从树林中吹来的风轻轻抚摸着发丝。智勋叹了口气,接着说:

"其实,我早就知道书馆今天会举办《蝲蛄吟唱的地方》读书会。我一直希望你能读一读这本书,因为当初第一次接触这本书的时候,我脑海里想起来的就是你。"

玛丽咽了咽口水。她很想说点什么,但不知道该如何开口。她能感受到智勋似乎下定了某种决心。虽然他平日里的性格像吐司面包一样柔和,可一旦下定决心,九头牛都拉不回来。智勋继续说:

"在我们重逢之前,我就一直在想,我们也许相隔很远,但至少生活在同一片天空下,要是这本书能飞到你的身边该有多好。"

冰凉的香槟闪烁着金黄色的光芒,不断排出一个个珍珠般晶莹的气泡。智勋饮了一口香槟,遥望湿地对面的山峦。山顶之上展开的夜幕隐隐透着紫色的气息。

"我知道你待在广阔的湿地中才会真正的安心落意。在这里,你能获得慰藉。这种慰藉跟你与朋友在咖啡馆或酒吧谈天说地是完全不同的概念。在这里,基娅会陪你一起观看日落,一起度过将世界像血一样染红的孤独时光。所以，我……我希望你……"可能是情绪过于激动的关系，智勋有些语无伦次。

玛丽抱着膝盖出声道：

"我……好像在故事里遇到了你。"

智勋猛地扭头看向玛丽。他能感受到玛丽的声音中带着一丝颤抖。自出生以来，玛丽从未像现在这样紧张过。她极力安抚着躁动不安的心，缓缓地说：

"还记得我们一起看过的《杀死一只知更鸟》《绿山墙的安妮》《小王子》等书吗？"

脑海中不断浮现书中的内容，还有手指翻书页时的触感，智勋点点头说：

"当然记得。我还记得你把橙汁洒在《小王子》书上的事情呢。"

"哈哈，没错。我当时是洒在有很多猴面包树的小王子行星的那一页？"

"我记得是跟玫瑰花对话的那一页。另外，你还记得写《绿山墙的安妮》读后感时的情景吗？当时我们说好各自读一半，然后告诉彼此自己看到的故事的梗概，对吧？"

"谁叫绿山墙的安妮说话那么啰唆？那么长的文章，我们要看多久才看得完啊！"

"是啊，只要她一开口说话就是一个段落。"

玛丽望着智勋喜悦的脸庞，心中轻轻地说：

我其实很想把一切都告诉你。我也有很多话要对你说……

玛丽给自己倒了一杯香槟，继续说：

"我还记得读《杀死一只知更鸟》时，在你家吃饭的事情。那个作业好像得圣诞节前夕，也就是放假前提交。"

回想起十年前的自己，玛丽不由得感慨万分。

"智勋，我……其实，我的生活里一直有你的影子。虽然见不着面，说不了话……但每次看曾经跟你一起看过的书，我都能感受到你的存在。我记得跟你一起时的天气、心情，甚至是喝过的饮料。"

玛丽出神地望着智勋送给自己的运动鞋，继续说：

"我想告诉你，即使在过去的十年里，你也一直是我的好朋友，哪怕我们一直没有见面。"

智勋反复思考着玛丽说的他们是好朋友的话，末了，用一副疑惑不解的表情看着对方，问道：

"可也不至于彼此不再见面啊。难道……我做了什么对不起你的事情吗？"

"怎么会……不是的，这一点你比我更清楚不是吗？"玛丽急忙辩解道。她长长地叹了口气，说："我只是……我只是知道自己根本无法在你面前装出镇定自若的样子，因为我没办法向你炫耀自己想象中可爱的母亲和慈祥的父亲，也没办法把自己包装成一个对婚姻、家人及孩子抱有幻想的纯真女孩，以至于没办法自欺欺人地用这些谎言来骗过自己……"

智勋觉得玛丽很像《小王子》里的玫瑰花，那朵追求高傲、完美，试图成为世上独一无二的存在，但实际上比谁都渴望平凡和朴素的生活，向往得到小王子青睐的玫瑰花……

智勋轻轻地把手放到玛丽的肩膀上。

"玛丽，我们每个人都会说谎。有时是为了保护自己，有时是为了保护别人，有时只是单纯地为了回避现实。"

玛丽缓缓地抬头望向智勋。她能感受到自己的身体在战栗，嘴唇微微颤抖，脑子里一片空白。

"智勋……"

玛丽张了张嘴，但没有发出声音。这一刻，周围仿佛陷入一片宁静，只有萤火虫在黑暗中不时地闪烁。

智勋紧紧地盯着玛丽清秀的脸庞，继续说：

"坦白地说，我之前也通过一些传闻听到过关于你的消息，但你从未联系过我。我一直觉得你肯定是有什么不能说的苦衷，所以会选择性地无视那些传闻。我希望你能在你愿意的时候，以你想要的方式，告诉我当年究竟发生了什么事情。可惜直到最后，你好像都没有要告诉我的打算。"

智勋不由得想起那个曾经一度让自己心里发堵的、

在莱比锡的夜晚。

***

"哦，对了，我见到玛丽了。我在波士顿大学的自助餐厅看到过她，大概一个月之前吧。"

智勋的心顿时凉了半截。他已经整整五年没有听到玛丽的消息了。那天晚上，正好有国际学校同学们的聚会。在他们喝酒叙旧的时候，刚在美国的一所学校做交换生回来的杰森提到了玛丽。

"真的吗？玛丽现在过得怎么样？"

"她好像结婚了。哦，这不是她跟我说的，而是我看到她手上戴着婚戒。上面的钻石那么老大，别说，我还是头一次见到呢。不过她当时好像有什么急事，只跟我打了声招呼就走了，所以我对她的近况也不是很了解。"

之后，杰森也讲了一些自己听到的关于玛丽的小道消息。

结婚了吗？……

这个消息对于智勋来说无异于当头一棒。他根本没想过玛丽会结婚。智勋为了躲清净，来到扎啤店的露台。

由于地面白天长时间受到太阳照射，盛夏的莱比锡夜晚依然热浪滚滚，然而此时的智勋却感受不到任何声音和热气。他的脑海里不断闪过玛丽的容颜：八岁时在自然博物馆看到的她，十一岁转学到国际学校时目不转睛地盯着自己的她，一起享用圣诞晚餐时跟自己嘻嘻哈哈打闹的她……

那天以后，智勋就放弃了在德国继续攻读硕士研究生的打算，直接跑回韩国服兵役。退伍后，智勋也没有回到德国。他并非期待在韩国遇到玛丽，而是打算换一个新的环境生活，一个完全没有玛丽痕迹的地方……

***

玛丽像是一只可怜的小动物一样抱着膝盖坐在那里。智勋接着说：

"我希望自己今天能坦率一点儿。回想了一下，我发现我对你也不够坦诚。说不定我的人生中能够再见到你的时间只有两周左右了，所以我不想再兜圈子了，我打算如实地把自己的想法说给你听。"

智勋虽然强装镇定，但他微微颤抖的身体早已出卖了一切。

"玛丽，我很珍惜你。我一直希望能够守护你，包括你身上的秘密。这一点我必须要告诉你，在你再次从我的世界里消失之前……"

沉入海底多年的箱子正在缓缓地浮出水面。拖船正在将箱子装进集装箱里。她的心情忐忑不安。

智勋从背包里拿出来一个盒子。盒子很小，只有戒指盒那么大。但一看到盒子，玛丽就目瞪口呆。智勋打开了盒子，里面装着一只蝴蝶标本，上面套着一层玻璃。

"还记得八岁时，柏林自然博物馆一层大厅吗？那是我第一次见到你。当时你一直盯着我和我的父母看，使得我不得不留意你。后来顶着你的注视走进放置蝴蝶标本的房间，但满脑子想的都是你的眼神。你空虚、孤独的眼神就跟制作成标本的华丽蝴蝶一样。之后，每次见到各种标本，我都会不由自主地想起你。我觉得你就像一个被关在巨塔里的孩子，尽管不知道是什么将你困在那里，是什么让你如此厌恶自己，但你也是时候原谅自己了吧？"

"智勋，我，我……"

一直在眼眶里打转的眼泪吧嗒吧嗒地掉落。玛丽怔怔地望着蝴蝶标本看了一会儿，再也忍不住，双手捂着脸失声痛哭。在玛丽的记忆中，自己还是头一次如此放声大哭。

智勋轻轻地靠过去将她抱在怀里，就像是让出自己的肩膀，给被生活折磨得筋疲力尽的朋友靠一下；就像是伸手扶一把在风雨中摇摆不定的朋友……此时的玛丽就像是彻夜在茫茫大海上飞翔，以至于被清晨的云雾打湿翅膀的小鸟一样楚楚可怜。智勋宛如妈妈安慰孩子一样，轻轻地拍打着玛丽的后背。

玛丽，玛丽，不要担心，一切都会好起来的。

许久后，智勋和玛丽走在虫声和蝉鸣此唱彼和的林中小径上。透过闷热的夜空气，清新的草木香气怡人。成群结队的萤火虫无声地在草丛里飞来飞去。唯美的场景恍然如梦，又好似回忆重现。智勋和玛丽一言不发地走了一会儿，又不约而同地停下脚步。林中小径里仿佛洒落温暖的光线。

玛丽艰难地开了口。被眼泪打湿的睫毛不住地闪烁。

"智勋……我一直很想跟你说声'对不起'。没想到说这句话，居然要隔十年的时间。你也知道，我是一个戒备心很强的人。我一直用谎言欺骗别人，而这种行为带来的满足感成了我活下去的动力。如今我自己都不知道自己原本是一个什么样的人……我把人们向往的各种条件都套到自己身上，活成半真半假的样子。"

智勋张了张嘴，却什么都没有说出来。玛丽继续说：

"可是面对你，我却说不出半句谎话。不，应该说是不愿意对你说谎才对，因为这会让我从心底里厌恶自己。这十年里，我有很多次机会联系你，但我并没有这么做，因为我怕你了解真相后会嫌弃我，不要我。或许，我是不希望把你扯进自己乱糟糟的人生里吧。尽管对你而言，这些话听起来更像是一种借口。"

玛丽的睫毛在不停地抖动，仿佛在极力忍着泪水。

"雷普利症候群①……听说过吗？"

玛丽没有等待智勋的回答。她的语速变得越来越快。

"没错，我……我一直在虚构一个世界，然后生活在其中。我从未觉得自己是在撒谎。我也不认为把自己憧憬的样子当成自己有什么错。不，我认为那才是真正的我。直到两年前，我遭遇了一些事情……最终，我被诊断为'雷普利症候群'。起初我并没有接受这一结果，因为我始终相信我虚构的世界是真实存在的。我花费了很长时间才认清自己是在说谎。事实上，我现在仍在接受心理治疗……"

智勋缓缓地朝玛丽点了点头，仿佛在告诉对方自己知道了。智勋并没有再询问什么，只是紧紧地握住了玛丽颤抖的手。智勋学习心理学也是为了了解玛丽的心理。如今回想起来，玛丽学习心理学说不定也是为了了解自己的心理。

智勋牵着玛丽的手走到林中小道的尽头。前方的邵阳里书厨亮着灯，仿佛在迎接他们回归。

***

"怎么样了？"时佑拎着装有婚宴垃圾的纸袋朝世琳问道。

---

① 一种人格障碍，即人陷入了提升身份的欲望而不断说谎，以至于最终自己也难以分清究竟是真实还是谎言，而生活在幻想中。

世琳坐在书吧里，望着远处智勋和玛丽缓缓走来。二人不停地在说着什么。由于开着玻璃窗，丝丝凉风不断吹进店内。

世琳目不转睛地盯着二人的身影回答道：

"现在还不知道，不过他们两个人已经回来了。"

世琳试图从二人的表情中看出什么，但由于距离较远，二人的表情有些看不真切。不过仅从二人的步伐来看，他们彼此的态度算不上太亲昵，但也不是很冷淡。

时佑叹了口气说：

"他叫智勋是吧？能做到他这份儿上也够可以的了，你说呢？"

"是啊……"

世琳回想着南宇是否也有像智勋的一面。

"为了弄来萤火虫，不远万里跑到江原道①和全罗北道②的茂朱……应该吃了不少苦。"

时佑捆着垃圾袋，看向逐渐走近的二人。

"不过那个女人知道吗？知道智勋为了给自己看萤火虫，跑遍全国打听消息，求爷爷告奶奶地求来萤火虫的事情？"

"虽然不清楚，但智勋不是一个爱表现的人。读书

---

① 韩国东北部的一个道。
② 韩国西南部的一个道。

会的事情也是，说自己的朋友一定得看到那本书，求我们不要延后举办读书会活动，还说今晚有话必须要对她说。"

"相信那个女人总有一天会知道，自己是一个多么受人疼爱的存在……"

没有人知道他们创造的故事会偏向幸福结局还是悲伤结局，如同不知道转动的陀螺最终会倒向哪个方向，别人如今也无法知晓玛丽和智勋之间会有什么结果。

不知不觉间，热气消退的仲夏夜空中，月亮依旧皎洁明亮。落地玻璃窗外，成群结队的萤火虫不知疲倦地飞来飞去，仿佛在跟着某种旋律翩跹而舞。

第五章

十月的第二周，星期五早上六点

《绿山墙的安妮》

[加] 露西·莫德·蒙哥马利

未来的人生就像一条笔直的道路伸向远方，现在这条道路只是转了个弯，至于转弯之后的风景，我也不知道是什么样子，但是我从不怀疑，一定还会有更美的风景在等着我。

那天之前，二十岁闵寿赫的人生还是站在他那一边的；或者说，他是这么认为的。在上小学之前，他一直住在位于延禧洞①的公寓里。对外孙疼爱有加的外公每天都开着自己的黑色进口轿车接送外孙上幼儿园。得益于此，闵寿赫在一所著名的私立幼儿园里接受过各种不错的教育课程。

从小寿赫就比同龄的孩子高一个头。身体壮实、胃口好、不挑食的他，无论在哪里都是名副其实的队长之选。若是换成李氏朝鲜②时代，说不定长大后还能当个将军什么的。虽然性格急躁、冲动，在外人看来有独断专行的倾向，但他只是喜欢热闹和结交朋友而已。从小学开始，他是在东部二村洞③长大的。跟普通的小学、初中、高中学生一样，他也会用紫菜卷蘸炒年糕汤吃或

---

① 位于首尔西大门区，历史比较久，在过去一直是韩国有身份有地位的人居住的地区。
② 通称"李朝"。朝鲜封建王朝（1392—1910），1392年由李成桂建立，1910年被日本吞并而灭亡。
③ 位于首尔龙山区，被称作"新兴富村"，聚集了韩国许多新兴的富裕阶层。

吸溜吸溜地吃方便面。

虽然不曾觉得自己的学校生活有什么特别之处，但长大之后，他渐渐意识到同学们的父母和家庭的不凡之处，因为他们普遍都是在政界、商界、金融界等领域取得不俗成就的人。生活在这里的孩子的家长们并不盲目相信私人教育。相较于孩子的成绩，他们更重视孩子个人生活的幸福和能力的培养。一天到晚转乘学院班车的事情，在这里很少会看到。

寿赫对于这样的生活十分满足。每当看到那些哭丧着脸的同学，他都无法理解他们为什么不活得快乐一点儿。看到一些思考哲学上的生与死的问题的朋友，他都会跑过去劝解，唯恐对方会想不开而自寻短见。恋爱对他来说也很简单。由于天生有着光滑细腻的皮肤和出色的运动天赋，他也经常会收到一些女生的告白。他谈恋爱一半是出于好奇，一半是出于冲动。人生对他而言就如琳琅满目的购物中心，想要的东西基本伸手可得。

尽管靠着马马虎虎的成绩，勉强考上了一所位于首尔的大学，但寿赫清楚自己的父亲对此不是很满意。寿赫的人生中唯一感到害怕的就是他的父亲。他的父亲和母亲是自由恋爱结婚，而当时寿赫的外公是商界排得上名号的著名集团创始人。好在外公外婆并没有像电视剧里的狗血剧情一样要求女儿嫁给门当户对的人，所以他们二人结婚并没有受到太大的阻挠。当然，外公也向寿赫的父亲提了个要求，那就是婚后要接手外公的公司。父亲是学声乐毕业的，也有一个声乐家的梦想，但在二十世纪八十年代的韩国，想要靠声乐养活家庭不是一件容易的事，加上父亲也理解老丈人的苦衷，所以毅然走上了企业家的道路。

值得庆幸的是，父亲很有企业家的天赋。他总是能巧妙地辨别骗子的陷阱和提出有商业价值的创意。他会尽量推掉所谓的财阀二代们的聚会、韩国经济发展研讨会等虚有其表的活动，每周都会认真确认一遍公司的财务指标，因为他相信数字不会说谎。这么做的好处是盈利和亏损的原因清晰地呈现在他面前。他强行推进人力资源管理措施，作为公司团队的领导人，在实施一些对公司发展有益的措施时，哪怕其中牵扯到熟人或朋友的利益，他也会不留情面地站在公司的立场上考虑问题。

这就是寿赫害怕自己父亲的理由。对于靠友情或爱情来维持的关系，父亲向来嗤之以鼻，而且他也从不会感情用事。在经营公司长达三十年的时间里，父亲的经营理念不可避免地会对子女的教育产生影响。对于寿赫而言，父亲是一个铁石心肠的人，几乎没有弱点可以让人攻击到他。父亲经常担心从小无忧无虑长大的儿子能否经得住残酷的人生风浪。毕竟，要把一个一直生活在伊甸园的人突然扔到野外去独自生存，作为父亲放心不下也是情有可原。

不过父亲也并未向他提出什么要求或说他什么。只是性格强硬的父亲暗中给儿子传递了一个信息：

你太软弱了。社会就是一个大熔炉，像你这么瞻前顾后能存活下去吗？醒醒吧，儿子。

尽管每次跟父亲见面的时间不长，大部分也都是东拉西扯没什么正题，但就连这点时间，寿赫也觉得很难熬。他觉得父亲始终看不惯自己，恐怕自己早已被父亲视为扶不上墙的烂泥。

反观母亲，对他来说就是如同大海一样包容一切的存在。每次跟母亲在一起，他都有种在风景秀丽的海边漫步的感觉。他跟母亲几乎无话不谈。当他在大学一年级打算辍学去纽约学习音乐剧时，母亲很积极地帮他联系留学生教育院，甚至不辞辛苦陪他一起到纽约找房子。她不仅说服反对儿子去纽约留学的父亲，还偷偷给他塞了充足的生活费。当时母亲打趣地说父亲年轻时的梦想是声乐家，所以儿子成为音乐剧演员也算是代父亲实现了梦想。寿赫完成学业回国后，父亲就勒令他进入公司学习管理。按照父亲的说法，想要在国内登台演出也不是一朝一夕就能办到的，不如先进入公司打打杂。假如那个时候不是母亲站出来坚决反对，说不定寿赫还真有可能稀里糊涂地接手公司业务。

寿赫原本安逸的人生支离破碎，是从他意识到自己缺乏音乐剧演员天赋开始的。自大学毕业后，他写了近一年的音乐剧剧本，但一个作品都没被选中。虽然不清楚投稿被刷下来的具体理由，但寿赫本人多少能猜出个大概。他的文笔很差，写的剧本在描绘人生的苦痛、悲伤、挫折等方面不够饱满，以至于故事情节的开展太过生硬死板，无法引起观众们的共鸣。

而当寿赫感到心灰意冷的时候，一个朋友拿着音乐剧投资计划书找上门来。对方提议将国外著名的音乐剧引进韩国，然后由寿赫亲自指导和出演。想到这是一个能让父亲对自己另眼相看的机会，寿赫当即就把外公留给自己的公司股份统统抛售，再把钱投进这个项目里。然而资金转入对方账户的第二天，那个朋友的电话就成了空号。

经历这件事情后，寿赫就很识趣地到父亲的公司去上班了。妹妹早在五年前就开始在父亲的公司上班，听说明年就要升任为组长了。在自家公司上班是一件很无聊的事情。虽然工作量不多，也没什么难度（因为同事们包揽了他绝大部分工作），但寿赫总有一种被关进牢房里，无所事事地虚度光阴的感觉。他的身体也开始出现异常：失眠，毫无缘故地心跳加速，脸颊潮红燥热，等等。即便如此，寿赫也不愿意去医院找精神科大夫或心理医生看看，因为他觉得这很丢人。于是每到周末，他都找一个人迹罕至的湖边或海边坐着发呆，一坐就是好几个小时。

这种得过且过的日子持续了一段时间后，寿赫的人生迎来了一次最大的挫折。那就是母亲的去世。母亲因喉癌一直跟病魔做斗争，好在发现得较早，治疗一段时间后得到了康复，但后来在复查时，却意外地发现患有肺癌，甚至已经到了第三期。尽管从表面上看起来与之前没有任何不同，但被诊断为肺癌仅过三个月，母亲就离开了人世。这与患上老年痴呆症八年后才去世的外婆形成了鲜明的对比。这点时间别说是做心理准备了，恐怕做最后告别都不够。

寿赫觉得很迷茫。他无法接受这样的现实。他想不明白人生为什么要把自己扔进死胡同，为什么安宁和幸福要离自己而去，然而此时的他已经没有力气和心思去思考是从哪里开始出错的。

***

不知从何时起，寿赫开始思考关于死亡的问题。不是说他醉酒后会打电话跟朋友倾诉"恨不得死掉算了"，而是就像浴缸里的水慢慢上涨一样，他渐渐开始认真考虑死亡。他发现自己似乎已经找不到继续活下去的理由。人生给他带来的压力越来越大，等到了他所能承受的极限时，选择离开人世似乎也是一个不错的选择。比如浴缸里的水开始溢出的时候……

十月的第二周，星期五，寿赫没有去上班。他感觉没有人能理解自己，包括自己在内。寿赫看着镜中的自己，冰冷的脸看着很陌生。早上六点，寿赫驾车离开了家。汽车的引擎声和宽绰的空间让他感到些许安慰，也许是小时候外公开的黑色轿车发出的嗡嗡声给他种下了温暖的记忆吧。

由于太阳还没升起来，整片天空灰蒙蒙的，感觉仍在沉睡中。他此行并没有目的地。只是上周去过海边，所以今天他打算找一个山清水秀的地方。假如开了一会儿车，觉得心情不那么压抑了，他说不定也有可能掉头去公司上班。

就在这时，他突然想起前几天在一个朋友的照片墙上看到的照片，好像是展示以纽约为主题的美术作品的展览馆。这让他不由得想起自己二十岁时看到的纽约。寿赫打开照片墙搜索了一番，然后在导航中找出离首尔一百四十七公里远的水华镇美术馆，将其设为目的地。

在去美术馆的路上，寿赫的脑子里不断浮现夏天纽约街道的繁华景象。跟穿着热裤、手拿巧克力薄荷味冰激凌的西维娅一起走在切尔西[①]街道的场景和跟一天到晚绷着脸的邢国一起在画廊前辩论无聊的哲学理念的场景，就像走马灯一样闪过他的脑海。寿赫不禁咧嘴笑了

---

① 纽约曼哈顿的一个地区，坐落于曼哈顿岛的西侧，是纽约的艺术中心之一。

笑。他马上意识到这好像是自半年前母亲去世后自己第一次露出开心的微笑。

美术馆的营业时间在中午十二点。寿赫抵达美术馆时，时间才刚过上午八点。寿赫找个地方将车停好，推开车门走了下来。包围着美术馆后院的竹林在风中沙沙作响，像极了波浪拍岸的声音。两只斑纹流浪猫悄无声息地出现，悠闲地踱来踱去，然后又从视野里消失不见。时间仿佛随时都要静止一般，走得让人心急如焚。柔和的风拂过他的头发，寂静热情地贴在他的身上。

在空无人烟的竹林中，时间事不关己地磨蹭着。秋天清晨的冷意和温暖的阳光交织在一起，营造出一种奇妙的感觉。时间像是铁了心要罢工一样停止了脚步，一同停下的还有周围的一切。这一刻，寿赫同时感受到喜悦和悲伤的情绪。原来这个世界的阳光是如此美丽、明媚的吗？悲伤是一种不舍之情。只能作为回忆存在的母亲和与她一起度过的秋天，在过去的时间里排成看不到尽头的长队。

感觉眼泪要夺眶而出，后脑勺也跟着阵阵发麻。在这个远离首尔的地方，在这个人迹罕至的竹林里，流一会儿眼泪，应该无伤大雅吧？直到不断拉扯胸口的坚硬的悲伤逐渐软化⋯⋯

寿赫重新回到车子里，戴上墨镜，播放着在纽约时常听的歌曲。原本以为自己会痛哭流涕，但坐在驾驶座上听着车子引擎的声音，心情反而变得十分平静。不知为何，他突然想喝一杯热乎乎的美式咖啡。

***

时佑拜托亨俊给客人们准备早餐，自己则来到美术馆后面，打算投喂流浪猫。按理说大清早那里应该没有什么人才是，但没想到的是他还真看到一名男子从美术馆的停车场走下车，好奇地打量着四周。

最先闯入时佑眼帘的是一块手表。随意挂在身上的休闲衬衫和棉裤，与明光烁亮的手表形成泾渭分明的界限。手表的表盘上有两枚旋转的齿轮，面盘周围镶嵌着一圈晶莹夺目的小宝石。晒成古铜色的脸和光滑的皮肤让人难以猜出对方的年龄。他的身高至少有一百八十厘米。或许是经常锻炼的关系，他的肩膀宽大而滚圆，腰背挺直，身材显得十分魁梧。

在跟时佑对视后，对方的脸上难掩惊慌的神色。虽然有深褐色墨镜挡着，但局促的样子就像是一个开学初进错班级的高大的初中生。清晨，一名戴着大框墨镜的男人站在竹林前的美术馆门前。此时，太阳刚升起还不到一个小时。

"那个，附近有什么可以吃饭的地方吗？"男子摘下墨镜，与时佑保持着适当的距离，小心地询问道。

"现在这个时间点，附近应该没有饭店开门吧。大都是过了十一点才会营业。"时佑回答。

莫非是美术作品收藏家？时佑想道。

就在此时，一只金黄色斑纹猫出现在时佑的脚下，发出呼噜呼噜的声音，朝他撒起了娇。看来是闻到猫粮的气味而有些迫不及待了。不远处还有一只灰色的猫在默默地注视着这里。

"这样吗？……好的，谢谢。"男人闻言道谢，转身就要离去，但听到时佑的声音又停下了脚步：

"如果不介意吃顿家常菜，你可以到我们度假别墅就餐。我是那里的员工，也就多加一双筷子的事。"

寿赫扭头望去，看到时佑的眼睛炯炯有神，朝着自己露出灿烂的微笑。虽然寿赫一向信奉"无事献殷勤——非奸即盗"的道理，但眼前这位好心过来喂流浪猫的男子怎么看都不像是一个杀人犯或诈骗犯。另外，对方说的"家常菜"一词也让寿赫感到亲切。从小刻在脑子里的味道开始渐渐苏醒。这一刻，他仿佛闻到刚出锅的米饭、酱牛肉、鸡蛋卷及大酱汤的香味，同样浮现在脑子里的还有妈妈在厨房里忙碌的身影。寿赫突然觉得有些饥饿难耐。

※※※

邵阳里书厨的员工宿舍位于书吧的二楼。虽说是员工餐，但饭菜要比寿赫期待的更加丰盛。用花蛤和贻贝煮出来的大酱汤配合剁碎的朝天椒，味道又辣又香，勾人食欲；用脆脆的圆白菜与各种材料混合制成的包饭酱①似乎用的是传统手工制作的大酱。饭桌上，烤得两面焦黄的鲅鱼吱吱作响；一旁则是加入胡萝卜丁和西蓝花煎出来的鸡蛋卷，以及腌萝卜块和小萝卜泡菜等小菜。

无论是邵阳里书厨的主人柳真，还是这里的员工时佑，都没有对寿赫的身份感到好奇，甚至连名字都没有询问。寿赫尴尬地笑着向二人简单地打了声招呼，然后坐到举止相对自然的二人对面。

透过二人身后的落地玻璃窗，蜿蜒环绕在山脚下的风景尽收眼底。说是一幅阳光明媚、秋高气爽的风景画也不为过。一阵风吹来，树叶像被放慢的镜头一样轻轻地随之舞动，然后像一只只美丽的蝴蝶，翩翩起舞着掉落下来。山脚下染红的风景与屋内白色的古风家具的风格很配。

寿赫感觉自己今天吃得有点多，饭量几乎是平时的两倍。他不仅吃了两碗饭，还把菜和汤都吃得干干净净。

柳真告罪一声，下楼去确认刚收到的图书目录和下午活动的准备工作。时佑也跟着起身，并露出他特有的亲切微笑，向寿赫提议到书吧喝一杯咖啡再走。

---

① 韩式包饭酱是韩国料理中一种糊状的辣味酱料，通常用作菜包肉的蘸酱，主要由大酱、苦椒酱、麻油、洋葱、蒜、青葱等制成。

"那个……还是让我来洗碗吧。"

"没事的。可以放到晚上一起洗。"

"别，不然……我会觉得过意不去。"

"那，好吧……那就交给你了。"

寿赫打开电影《再次出发之纽约遇见你》（*Begin Again*）中的插曲《迷失的星星》（"Lost Stars"），开始洗碗。他哼着熟悉的曲调，将碗碟洗干净后整齐地垒在一起。洗碗算得上是寿赫的喜好之一。他喜欢把沾着汤汁的碟子和沾着饭粒的饭碗、残留着残渣的汤碗等餐具放到热水中洗干净，然后放到沥水架上晾干的过程。这会给他一种整顿心中的脏乱和混沌的感觉。如果硬要描述的话，有点像散步结束后头脑变得轻松的感觉。另外，他也喜欢洗碗时头脑放空，不需要思考的那种感觉。

洗完碗后，寿赫听着手机上的音乐应用软件自动推荐的流行歌曲，坐在窗边的布艺沙发上呆呆地望着窗外的风景。此时，他的脑子里没有任何想法。湛蓝的天空中，飞机留下一道长长的尾迹云[1]，消失在天边。

风从敞开的窗户吹进来，将他的发丝吹乱。窗外，树枝在风中摇曳，掀起的落叶在空中飞舞。这让他想起曾经运动会练习结束后回家时，不断轻抚着自己被汗水

---

[1] 又名飞机云、飞机尾迹、航空云、凝结尾，是指一种由飞机引擎排出的浓缩水蒸气形成的可见尾迹。

浸湿的脸的那一阵风。同样凉爽和干燥，又带着一丝冬天气息的风……这是告知人们秋天到来的风。又是一次季节更替。即使站在人生的悬崖边上，时间也照样会流逝；即使在不愿意被人窥探的感情沼泽中挣扎，在再也看不到母亲的残忍世界里，秋天的阳光依然灿烂。

走进书吧后，高高的天花板映入眼帘。浓浓的咖啡香和书香在空气中融合，散发出迷人的气息。除了时佑正在整理的纸箱，后面还能看到几个装满书籍的箱子。其他员工也在忙着整理新来的图书和库存，或确认笔记本、环保购物袋等商品的数量。一旁长方形的窗户的位置设计得比普通人的身高要低，乍一看还以为挂着一幅精美的风景画。

"那个，今天的早饭很棒，谢谢你们的款待。我都不知道有多久没吃过这么香的家常饭菜了。"

察觉到寿赫心情的转变，柳真也不由得露出开心的微笑。

"我们有一位专门负责早餐的员工，实力不输饭店的大厨，搞得我现在都没办法减肥了。哈哈哈。只是一顿粗茶淡饭而已，你不必如此客气。我给你倒一杯咖啡吧。你可以先在这里转一转，看看书。"

面对柳真连珠炮般的回答，寿赫红着脸回答说：

"啊，好的。"

书架上的书并没有摆满，不过看得出是选出自己真正喜欢的书，按照主题精心陈列的。最引人注目的中央书架上排列着几本以"十月的治愈故事"为主题的小说。它的左边是一些随笔和诗集，右边是几套有着暖色系封面的童话书。中央书架的前方摆着一块绿色的小黑板，上面写着一段《绿山墙的安妮》的原文。

> 哎，玛丽拉。
> 世界上有十月是一件很庆幸的事情。
> 假如从九月直接跳到十一月，
> 你会不会觉得太糟糕了？
> 看看这些枫树的树枝吧。
> 有没有觉得很心动？
> 我打算用这些树枝装饰我的房间。

　　寿赫不由得想起自己的妹妹，因为她也是《绿山墙的安妮》的狂热粉丝。比他小两岁的妹妹是个天生的乐天派，而且性格直爽，善于表达自己的感情。记得小时候，她把《绿山墙的安妮》的动画DVD像宝物一样陈列在自己的房间里，每天都擦拭一遍，唯恐上面落下灰尘。上小学时，更是因为观看早上播放的《绿山墙的安妮》动画差点迟到，进而跟母亲发生过几次争执。

他还想起动画的主题曲。熟悉的旋律就像一把打开记忆房间的钥匙，令他不由得想起小时候的某个周末下午。当时妹妹正目不转睛地看着《绿山墙的安妮》动画，母亲陪着妹妹坐在沙发上，不时地抿一口咖啡，眼睛却始终不曾离开电视。二人时而瞪大眼睛，时而咯咯大笑。

他再次想到几天前在公司里见到的妹妹的样子。虽然表面上看起来跟以前没什么太大的不同，但寿赫看得出来，妹妹比以前消瘦了很多，而且原本神采奕奕的眼睛也失去了光芒。或许，他当初就应该把妹妹叫出来，彼此敞开心扉好好聊一聊。但事实上，母亲去世后，他就没有再联系过妹妹。

寿赫呆呆地望着《绿山墙的安妮》的封面，心中头一次担心起妹妹。他能想象得到妹妹的心情是多么凄凉、孤独及悲伤。如果是安妮，她会对妹妹说什么呢？

寿赫拿起书架上精装版的《绿山墙的安妮》，随手翻了翻，里面的一段话映入他的眼帘：

> 当我从奎因学院毕业的时候，未来的人生就像一条笔直的道路伸向远方，现在这条道路只是转了个弯，至于转弯之后的风景，我也不知道是什么样子，但是我从不怀疑，一定还会有更美的风景在等着我。道路曲折，这对我来

说反而更具有吸引力了。前方的道路会是什么样的呢？会有什么样的风景在等待着我呢？是山丘、峡谷，还是平原、森林？……

寿赫没有放下手上的书，而是开始打量起其他的书来。坦白地说，他都记不起上次去书馆是什么时候的事情。《绿山墙的安妮》的旁边是馆主推荐的值得阅读的书。手写的笔记本旁，整齐地陈列着几本书。

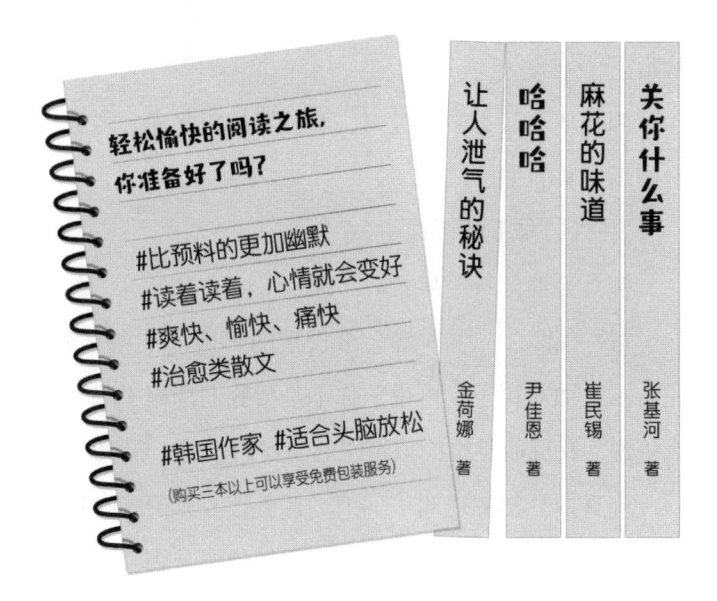

轻松愉快的阅读之旅，你准备好了吗？

#比预料的更加幽默
#读着读着，心情就会变好
#爽快、愉快、痛快
#治愈类散文

#韩国作家 #适合头脑放松
（购买三本以上可以享受免费包装服务）

让人泄气的秘诀 金荷娜 著

哈哈哈 尹佳恩 著

麻花的味道 崔民锡 著

关你什么事 张基河 著

笔记本上面还写着"购买三本以上可以享受免费包装服务"。寿赫在里面翻了翻，最先选了尹佳恩的《哈哈哈》。一是封面上看着漫画打滚儿的女孩长得像他的妹妹，二是"那些令我发笑的事情"的副标题很合他胃口。随后，寿赫又拿起了崔民锡的《麻花的味道》，因为光是看目录上的章节标题就让他有些忍俊不禁。寿赫提着包括《绿山墙的安妮》在内的三本书来到柜台前。

"书馆很不错。能帮我把这些书包起来吗？"

"啊，没问题。你是要送人吗？"

"我打算送给我妹妹。我妹妹以前很喜欢《绿山墙的安妮》。"

"知道《绿山墙的安妮》的人很难不喜欢它。哈哈。"

柳真从寿赫手中接过书，麻利地打包起来。寿赫望着柳真灵敏的手指，说：

"另外，早上的饭钱……"

柳真笑着打断寿赫的话，说：

"没关系的。原本就会给投宿的客人们准备早餐，左右不过加双筷子。再说，你不是帮我们洗碗了吗？这么一说，我反而觉得应该道谢的是我们才对。嘿嘿。"

柳真如梦初醒地叫了一声，接着把装有美式咖啡的杯子推到寿赫面前。顿时，一股浓郁的咖啡香气在二人之间扩散开来。

"在我打包东西期间，你可以先喝一杯咖啡等一等。刚给你调了杯咖啡，却忘了给你送过去。最近我总是这样，丢三落四的。"

寿赫朝柳真露出一个表示理解的微笑，伸出双手捧住自己面前的马克杯。

"谢谢，我正好有点想喝咖啡呢。"

柳真利索地将书包装好，再从一旁抽出一张明信片，跟包裹一起递到寿赫面前：

"毕竟是送给妹妹的礼物，光有书总归差了点意思。我觉得写几句祝福什么的应该很不错。你觉得呢？"

明信片上是一名穿着T恤衫的男子。男子的T恤衫上写着"Would you like to go on a picnic with me（可以请你和我一起野餐吗）"。寿赫望着明信片上的插图没忍住，笑出了声。

"嗯，如果我提议跟妹妹一起去野餐，她绝对会认为我被外星人附体了。"

听到他这么说，柳真也笑得花枝乱颤，但还是把明信片塞进寿赫的手中，说：

"听说你一大早从首尔开车来这里是为了看画展，那你一会儿肯定要去美术馆了，我能拜托你一件事情吗？"

寿赫笑着摊了摊手，表示没问题。从寿赫的微笑中可以感受到，他是一个从小在幸福的家庭中长大的人。早上看到的、仿佛被什么追赶的表情早已不复存在。柳真从柜台底下抬出一个装有七八本书的纸箱，问道：

"这个东西，你能帮我转交给水华镇美术馆的金宇振馆长吗？他订的书和宣传册今天上午到了。原本应该由我送过去的，但这不刚好听到你要过去吗，所以……"

"没问题。"

寿赫笑着接过纸箱。纸箱上面有个标签，写着"金宇振"三个字。字迹清秀、整齐，就像眼前看到的邵阳里书厨一样。寿赫抱着箱子犹豫了一会儿，仿佛下定决心似的询问道：

"刚刚……我在你们的照片墙账号主页上看到，今天邵阳里书厨有摘柿子和板栗的活动，是吧？如果需要工作人员的话，我可以过来帮忙吗？早上在你这里吃饭都没收钱，我想帮忙做一些力所能及的事情，不然总觉得过意不去。"

柳真露出略微诧异的表情，接着饶有兴致地打量了寿赫片刻，笑着说：

"可以是可以，但你摘过柿子和板栗吗？指不定你现在穿的这身衣服就得扔掉了……"

寿赫这才低头看向自己的穿着：跟平时上班时一般无二的休闲衬衫和灰色棉裤的打扮。虽说是休闲装，但衬衫很干净，说是一尘不染也不为过；裤子更是熨得笔直，没有一点儿褶皱。任谁看了都不会觉得这是适合上山摘板栗的服装。寿赫不由得涨红了脸。柳真看到对方窘迫的样子，忍不住扑哧一声笑了出来，而寿赫也不禁随她一起笑了起来。

***

水华镇美术馆比寿赫想象的要小，但风格却让人眼前一亮。美术馆的建筑结构本身就很独特，打破了千篇一律的方方正正的空间格局。尽管面积不大，但类似于迷宫一样的布局，给人们带来了新奇的体验，不至于轻易产生审美疲劳。

这次展览的主题是"纽约"，很形象地表达了收藏家心中对纽约的感受。那里虽然自由，但非常孤独。在那里，街头流浪的乞丐也抱有梦想，但现实却异常残酷。那里似乎能包容所有人，但大部分人都是满怀期盼而来，载着失望而归，或者默默忍受着一切不愿离去。收藏家所要描绘的纽约就是这样的地方。美术馆里展示的是水汽蒸腾的二十世纪五十年代纽约街头的黑白照片、看着硬邦邦的显现固有色[①]的六角形椅子照片、在大都会艺术博物馆三楼楼顶看到的纽约风景画、穿着绘有"我爱纽约"字样T恤衫的少女照片等一系列从纽约现代艺术博物馆外借的作品。

寿赫径直找到金宇振馆长。这位穿着宽松的衬衫和褪色的牛仔裤的馆长一见到寿赫就露出灿烂的微笑。对方的笑容特别、干练，跟美术馆很搭。

---

① 是指物体在白色光源下呈现出来的色彩。

"我接到时佑先生的电话了。听说早上还没到九点，您就来到了美术馆？"

"啊，确实……机缘巧合。对了，书在这里。"

寿赫把箱子递给馆长。纸箱里装着七八本书及一些类似于宣传单的纸张。馆长小心地拿出一张宣传单，仔细地查看起来，似乎是在确认印刷情况和设计风格。

"麻烦您了，我原本打算自己过去拿的。"穿着干净利落，给人的印象像酒店员工一样的馆长用一副轻松的语气说。寿赫礼貌地朝对方点了点头，转身离去。

星期五下午一点，原本应该是上班的时间，但他却来到竹海涛涛的隐于山中的美术馆，怎么想都觉得有些不可思议。这里就像是一个季节、日期、星期等时间概念全都消失的世界。话说回来，平日里只要下定决心，完全可以请一天假，然后像今天这样到山中或海边好好放松一下，但或许是把全部的精力都花费在如何"混日子"上，总之在过去的一年里，寿赫从未想过要这么做。

寿赫原本打算回到邵阳里书厨，但刚迈出一步，不知想到了什么，又收回了脚步。他转身回到正在检查书籍的馆长身旁，轻声问道：

"那个，您知道附近有什么不错的烘焙店吗？"

***

从装满华夫饼的三个小箱子里散发出来的甜美香气

很快就充满邵阳里书厨。厚度堪比牛排的华夫饼上淋着一层枫糖浆，琥珀般的色泽亮晶晶的，引人食指大动。撒在鲜奶油上的肉桂粉与酥脆的华夫饼融合在一起，光想想就让人垂涎三尺。一个五六岁的男孩牵着妈妈的手走进书吧咖啡馆，随后发出一声欢呼，直奔华夫饼箱子所在的地方。柳真望着华夫饼箱子惊喜地问道：

"哇，这些都是什么呀？"

"早上吃饭的钱。"

寿赫虽然面带笑意，但他其实也被自己的行为吓了一跳，因为他此时的举动跟过去几个月相比可谓大相径庭。之前的他整日板着脸，隐藏自己的情绪，说话也是言简意赅，但在这里，他仿佛重新找回了属于自己的色彩，也不知是否因为回想起曾经待在纽约时的那个自由、迷茫、热血的自己。

虽然不久后就要重返现实，但既然已经决定要开启这场旅行，又何必纠结是不是自己真实性格的问题呢？

"我觉得可以给今天参加摘板栗、摘柿子活动的人每人分一个华夫饼。我自己也要吃点。下午有劳动，正好提前补充点糖分。"寿赫笑着说。

"我最喜欢华夫饼了。有没有香草味的？"

柳真刚打开箱子，时佑就迫不及待地跑了过来。

"哇，华夫饼的味道！"时佑连连发出感叹，但手上动作却一点儿都不慢，飞快地将三个华夫饼箱子藏到柜台下方。接着，他又不知从哪里掏出一件皱巴巴的黑色衬衫和一条花里胡哨的、类似于大妈裤款式的裤子。

"大哥，你的工作服。"

寿赫哈哈笑着接过衣服。此时，他感觉自己成了一名等待换装后登台演出的话剧演员。大妈裤嘛……倒是挺有趣的。比起这个，他可以肯定手中这件皱巴巴的衬衫或许更能让公司同事们"望而生畏"。不过话说回来，对方是从什么时候开始叫他"大哥"的呢？他怎么连一点儿记忆都没有？舒畅的感觉像秋风一样掠过寿赫的心头。

摘板栗活动负责人的工作并不好做。抱住板栗树摇晃只是基础操作。想要踩着长有尖刺的板栗球，从中剥出没有被虫蛀过的板栗，很容易会被刺伤手指。确保小朋友们在踩板栗球玩的时候不会滑倒受伤，或在孩子们摔倒后确认有没有隔着衣服被板栗尖刺扎伤等，都属于活动负责人的工作；而且种植板栗树的后山山势陡峭，加上不时有蛇虫出没，所以要时刻保持警惕。

坦白地说，这场活动没有想象中那么浪漫和悠闲。从下午两点一直到夕阳落下的傍晚六点，寿赫连续站了四个小时，中途没有一点儿可以休息的时间。由于摘板栗活动结束后，还需要核对人数，所以他是最后一个下山的人。直到那时，寿赫才意识到自己居然已经整整四个小时没有看过手机。不可否认在这期间，他的手机确实没有响过，但更多的是因为他没有想过要看手机。

晚霞映照下的山峦如诗如画。仿佛是在对天空告别，天色也渐渐暗淡了下来。梅花树枝在风中轻轻摇曳，似乎在向人们挥手打招呼。图书主题旅馆的屋檐下挂着一串串今日收获的柿子，构成了一道别有风趣的风景。

时佑悠闲地坐在书吧外的桌子旁。看得出他已经跟图书主题旅馆住客家里的孩子们混熟了，此时他正看着视频，教孩子们折纸汽车。书吧里挑选图书的客人们也都很认真，让人不由得联想到参观画展的场景。从庭院里看到的邵阳里书厨温馨而惬意，更像是存在于童话故事中的那种平和的村子。

"大妈裤挺合身的嘛。你穿着一点儿违和感都没有，说是本地人也不会有人质疑。"

柳真不知从哪里跳出来，跟他并肩站在一起。杵在书吧外偷偷打量众人的寿赫不好意思地笑了笑，惹得柳真也跟着笑了起来。寿赫和柳真就那样默默地一起望着书吧内的场景。

"今天谢谢你了。其实，邵阳里书厨的人手一直都很紧张。就说今天的活动吧，如果不是有你，我都打算放弃了。"柳真说道。

她以为寿赫会回应自己，但等了许久都没有听到对方说话，于是她继续说：

"我给你打包了一些柿子和板栗。等你回到首尔后……"

"那个……我想在这里待到周末，请问还有空房吗？"寿赫打断柳真的话，问道。

不知为何，寿赫再次做出了一个自己计划之外的选择。若是换作平时，作为一个有轻微洁癖的人，在没有备齐剃须泡、洗面奶、爽肤水、护肤液等日常用品的情况下，他绝对不会选择出门旅行。而现在，他不仅没有准备护肤品，就连内衣也没有带，怎么会选择在外面过夜呢？他的理性告诉他绝对不能这么做，但他的嘴巴却不假思索地继续说：

"如果客房订满了，员工宿舍也可以。"

说完，寿赫就像喝下苦药一样咬紧了嘴唇。他的视线停留在傍晚书吧外那如梦似幻的风景上。红霞映照下的山脚美丽而凄婉。

"啊……"

柳真呆呆地望着寿赫的侧脸。她听得出寿赫是在求自己。对方急切的眼神说明了一切。此时的寿赫处于人生的低谷期，就像一只飞了一夜找不到地方栖息的小鸟，看起来十分疲惫。

柳真认为，人有时候确实需要找一个没有人认识的地方藏起来，好调整自己的身心状态。她装作漫不经心地说：

"客房都预订出去了。话说，你怎么知道宿舍楼客厅的沙发很适合睡觉？假如你不介意的话，我这里倒是……不过先说好，宿舍楼二层可没有窗帘，所以每天早上都会有太阳公公叫你起床。"

寿赫没有出言道谢，而是面带淡淡的微笑，长长地舒了口气。天空中飘荡着几朵乌云，但可能是空气太过清新的关系，看起来并不压抑。暮色徐徐，降临在披着淡淡晚霞彩衣的山脊上，随后一股阴凉的秋天气息开始侵蚀大地。

"大哥，怎么能让你睡沙发呢？你还是来我房间睡吧！"时佑很痛快地奉寿赫为自己未来两天的室友大哥。

晚饭时间，三人围坐在一起。柳真和时佑畅聊着儿时的琐碎回忆：那条穿着尿不湿的小时佑曾经淋着雨唱歌、跳舞的胡同；在小学五年级时，柳真给暗恋的同桌男孩写情书被拒绝后所作的诗；盛夏，玩冲浪游戏时给他们姐弟灌了不知道多少海水的海云台[①]；曾经让人伤心到绝望的高考放榜日……虽然青涩、不完美，甚至有些糟糕，但多年之后再回首，也是一段令人感慨、难忘的时光。虽然寿赫绝口不提关于自己的事情，但是柳真和

---

① 韩国南部釜山市著名的旅游胜地。

时佑并没有在意，因为这是意料之中的，而且这对他们来说并不重要。

一顿胡吃海塞之后，三人来到二层露台，于是一旁的遮阳伞和沙滩椅有了用武之地。他们拿出一台便携式电磁炉放在圆形木桌上，再将洗好的板栗放到锅里煮了起来。寿赫头一次发现便携式电磁炉竟然如此便利。寿赫开了一瓶葡萄酒；柳真的口味很独特，居然选择将咖啡和葡萄酒混在一起喝；啤酒派系的时佑这会儿都已经喝完两罐啤酒了。

宁静的夜空中挂着一弯银亮的新月。闪耀的白天走下舞台，激动人心的夜晚登台亮相了。风像一只慵懒的小猫，轻轻地摆动着身子。

"你们在开车的时候有没有想过这样的问题。"寿赫像在自言自语似的。正在把玩着尚有余温的板栗的柳真闻言抬起了头，一旁的时佑则已经闭上眼睛，打起了瞌睡。

"车子正行驶在沿海公路上，旁边是碧绿的大海。天气晴朗，万里无云。如果此时车内放的是酷玩乐队[①]的《生命万岁》（"Viva La Vida"）就再好不过了。当然，只要是能让我们心动的节奏，无论什么歌曲都无所谓。然后，我们就跟着节拍，沿着公路向前驶去。远方的天

---

① 英国的摇滚乐队。

空中飞过一队雪白的大雁。而当我们开着开着，即将转过弯道的时候，前方突然出现一辆全速冲来的大货车。最后，随着砰的一声，我们的视野陷入黑暗！"

放在电磁炉上的锅不断发出噼噼啪啪的声响。

夜幕降临的露台上，凉飕飕的空气舔舐而过。寿赫并未等待柳真的回答，柳真也知道寿赫还有话没有说完。

"到医院看望我朋友的那一晚，在回来的路上，我幻想着对方在沿海公路行驶的场景。他说那天凌晨驾车行驶在高速公路上，结果突然恐惧症发作，最终撞到隔离带上才停了下来。庆幸的是他并没有伤得太重，只是断了一条手臂和几根肋骨……他没有见任何去看望他的人。虽然不知道为什么，但每次想到他，我的脑子里都会浮现他驾车飞驰在沿海公路的场面。"

柳真明白寿赫口中的朋友其实就是他自己。这不是胡乱猜测，而是对方的眼神说明了一切。虽然有些不可思议，但她分明从寿赫的眼睛里看到对方疾驰在沿海公路上的场景。

柳真将剩下的气泡葡萄酒一饮而尽。秋天的草虫齐奏出类似于心跳的怦怦声。

"有那种想法的时候，我建议你看看道格拉斯·肯尼迪的小说。"柳真说道。

寂静的夜晚，草虫们似乎也叫累了，发出的声音越来越小。寿赫似乎在凝视着远方的山脊，闻言缓缓地转过头看着柳真，问道：

"道格拉斯·肯尼迪是谁？"

"当然是小说家了。我不是说了是小说吗？"

似乎意识到自己问了个愚蠢的问题，寿赫忍不住扑哧一声笑了出来。平静如湖水般的时间里荡起了一圈圈涟漪后又消失不见。时佑此时已经靠在松软的沙发上睡了过去。一个小时前喝第五罐啤酒的时候，他还信誓旦旦地说自己没有醉。柳真起身拿来一张毯子盖在时佑身上，然后重新坐回原来的位置。

"道格拉斯·肯尼迪的小说情节跟你的情况很相似。小说的主人公虽然是一名成功人士，但内心却很空虚。后来在经历某件事情后，他舍弃一切，漫无目的地离开了。最终，他隐姓埋名来到一个小乡村，过上了闲云野鹤般的生活。"

柳真缓了口气，顺便偷偷打量了一眼寿赫，看对方有没有在听自己说话。寿赫虽然纹丝不动地坐在那里，但柳真能够感受到对方确实在认真听自己说话。

"前往一个没人认识的地方，用新的身份过另一种人生，我觉得挺让人心驰神往的。"柳真露出浅浅的微笑说，不过寿赫依然没有做出任何回应。

风吹来了，这一阵风有点像细长的叹息。

"从那以后，每当心情变得抑郁或想要生气的时候，我都会第一时间找一本能让自己沉浸进去的书来看。我个人比较喜欢看侦探小说或科幻小说。至少在看书的那段时间里，我能忘却现实中的一切烦恼。说真的，它的效果比市面上的任何一款止痛药都管用。不仅如此，沉浸在小说世界时，我甚至能听到书中的人物跟我讲话。他们告诉我，人生不如意事十之八九。"

寿赫一言不发地听着柳真的话。他的眼神显得很孤独，让人不由得联想起凌晨时分在池塘中独自开花又悄然凋谢的某些花儿。良久，一直不吭声的寿赫突然开口说："头一次听说书还能当止痛药用。"

寿赫哑然一笑。随着原本毫无表情的脸上突然露出笑容，柳真仿佛看到一张活泼、调皮的孩童面孔渐渐与对方的脸重叠在一起。这个笑容让柳真明白对方曾经是一个温暖、开朗的人。

"嗯……我也有心情不好的时候爱听的歌。"寿赫喃喃自语。或许是想到了曲子的旋律，寿赫的眼神骤然亮了一下。

"《黛比的华尔兹》（"Waltz for Debby"）是我母亲喜欢的一首爵士乐。以前我母亲每次烤苹果派的时候，都会放比尔·艾文斯版本的唱片。在她搅拌面团，甚至是等待苹果派出炉期间，这首曲子都会一直循环播放。"

随着寿赫想起曲子的旋律，一阵携带苹果派香味的风好像扑面而来。他不由得想起母亲在烤炉前哼着歌的那个月光皎洁的夜晚。寿赫似乎很想说点什么，但最终没有继续开口。不过柳真不知为何却感到莫名地安心，因为她知道，如果说之前的寿赫一直在黑暗而泥泞的道路上徘徊，那如今的他已经开始仰望星空的某处。

"哦？还有这样的曲子吗？我要听。"

柳真在音乐软件中搜索并播放了这首曲子。从手机扬声器传出的华尔兹爵士乐演奏曲与远方传来的猫头鹰叫声巧妙地交织在一起。夜空中乌云朦胧地笼罩着月亮，星光偶尔从乌云缝隙里透出又飞快地消失不见。

***

在宁静的阳光中睁开眼睛，寿赫仍旧分不清自己是在梦中还是在现实里。这里并非他每天醒来后第一眼看到的熟悉空间，而且周围像做了隔音一样安静的环境也让他感到格外陌生。寿赫习惯性地打开手机确认了一下时间。上午十一点十二分。他都忘了上一次睡这么久是什么时候的事情。

寿赫呆呆地望着时佑的房间，和煦的阳光洒落进来，在地面上形成点点光斑。墙面上贴的歌手戴安的海报和一排排拍立得[1]照片映入眼帘。照片大都是以邵阳里书厨为背景的风景照。地板上散落着几件运动服和穿

---

[1] 快速成像相机品牌，又被翻译为"宝丽来"，"拍立得"现在基本已经变成一次成像相机的代名词。与一般照相机相比，一次成像照相机两分钟内即可打印出照片。

过的袜子，墙角堆着两个硕大的纸箱。他并没有在屋内看到时佑的身影。不过他依稀记得时佑昨天好像跟自己提过，要在每天早上六点之前起床给客人准备早餐。寿赫眨了眨睡意尚未退去的眼睛，想道：这样的生活好像也挺不错的。

此时，他的头脑一片清明，仿佛身处清晨的森林公园中。

书吧上午的写作工作室活动即将结束。寿赫胡子拉碴地来到书吧。在写作工作室整理物品的柳真在发现寿赫后，先是朝他点头打了声招呼，然后用手指了指站在屋外柜台边上的时佑。

"大哥，昨晚睡得怎么样？我给你留了一些早上的自助餐，一会儿给你送到后院的餐桌上，你可以简单地垫一垫肚子。"刚整理完书柜的时佑走过来说。

令寿赫感到诧异的是有些人明明见面还不到二十四小时，但感觉比公司里一起工作一年多的同事还要亲近。时佑端来苹果、羊角面包及配上坚果和草莓的酸奶摆在野外餐桌上。虽然秋日的阳光依旧有些炙热，但好在有梅花树树枝的遮挡，所以并不是很闷热，反而让人感到十分惬意。不时吹来的风带来书吧内的咖啡香气。寿赫下意识地看向昨天去摘板栗的山头。不过他并没有看到那些昨天跟自己一起摘板栗的小孩，想来应该已经退房离开。这时，柳真提着滴漏式咖啡壶出现在眼前。

"板栗大叔，你可真能睡啊。我还以为十点之前能起来呢。"

如今连相互打趣也显得如此自然。寿赫神色从容地回应道：

"我这是想把早饭和午饭一起解决掉，好节省一顿饭钱。"

柳真被逗得咯咯直笑，但手上却没闲着，往寿赫的马克杯里倒起了咖啡。香醇的美式咖啡香味和草香形成了一种奇妙的组合。昨晚一直到午夜还是阴云密布，没想到今天却碧空万里，不见一朵白云。寿赫喝了一口咖啡，朝柳真问道：

"这附近有没有什么好的兜风场所？"

柳真思考了片刻，说道：

"附近有个红杉大道。你直走两公里，再从第三街道右拐就是。听说最近那里挺出名的。那里原本是一条七拐八弯的国道，除了村子里的人，很少有人会走，但七年前隔壁村子通了一条贯穿村子的国道后，那条道算是彻底被人们遗忘了。不过去年那条人迹罕至的红杉大道出现在某品牌汽车的广告中和某人气电视剧的片尾，所以现在渐渐聚集了一些名气，有朝"网红"打卡地发展的趋势。其实慢慢地绕着弯道行驶也别有一番风趣，不过会让人有点头晕。"

柳真默默地在心中添了一句：那里可不是能以时速

一百公里的速度飞驰的沿海高速公路。

柳真偷偷地打量了一眼正在盯着手机查询相关信息的寿赫，暗自想道：那里绝不会出现泥头车之类的车辆。如果你没有期待这些，倒不失为一个不错的兜风场所。

寿赫仿佛听到柳真的心声，抬起头朝她露出一个会心的微笑。

虽然无法像在高速公路上那样开足马力全速行驶，但在国道左拐右拐悠闲驾驶的感觉也挺不错的。由于需要路过好几个斜坡，忽上忽下的感觉有点像是在坐儿童版的海盗船。当车子爬上高坡后，道路两旁就会出现两排高大粗壮的红杉树，不断热情地朝他撒下一片片黄叶。另外，下坡时也有种原本紧张的情绪得到缓解的感觉。

他不由得想起小时候在延禧洞外公家吃完饭后，跟着母亲蹦蹦跳跳地去附近超市买东西的场景。延禧洞巷子里的小路大都七弯八拐活像个迷宫，而从外公家到超市那段路程正好也是下坡路。记得那一天也是秋天的某个星期六，太阳金灿灿的，异常刺眼，万里无云的天空显得十分单调。顺着下坡路跑下来时，摆腿的速度要比在平地里奔跑时快上不少。他感觉身后有一股风在推着自己跑。寿赫发出一阵欢呼声，像个接力赛跑选手一样奋力跑了起来。

紧随而来的母亲也不得不跟着跑了起来。虽然她嘴上不住地喊着"小心，不要摔倒"，但肯定也感受到了下坡路朝前拽着自己、风在身后推着自己跑的力量。那是一种类似于在夏天烈日下吃着冰激凌让人神清气爽的感觉。奔跑时扑面而来的风中带着母亲的气味。

寿赫将车停靠在马路边上，出神地望着一对年轻夫妇带着孩子在下坡路上奔跑，良久没有动弹。

寿赫开车兜了两个小时的风。进入邵阳里书厨时，他的表情显得更加安逸。望着很熟络地朝自己打招呼的柳真和时佑，寿赫接受了自己多了两个好友的事实。

不知从何时起，他对陌生人产生了戒备心理，觉得任何人都不可信。尤其最近五年的生活更像是一个"比不上当受骗"的比赛。在他看来，每一个亲切微笑的眼神背后都是一个个包藏的祸心。

然而在邵阳里书厨，他可以完全地卸下武装，而不用防备别人。这里是一个能慷慨地向陌生人提供一顿家常饭的地方，这里是一个不需要摆明自己的身份也能谈天说地、嬉笑打闹的地方，这里是连他母亲喜欢的爵士乐都能与别人分享的地方。

坐在书吧的一角，寿赫摊开刚刚柳真作为礼物送给自己的书。这是村上春树写的一本随笔，书名叫《傍晚的剃须》。上面还贴着一张便笺，便笺上写着："我绝不是在说你该刮胡子了！嘻嘻。"

寿赫不明所以地歪了歪头。直到无意中摸到下巴，他才意识到自己今早没有刮胡子，顿时哑然失笑。在寿赫悠闲地看着随笔时，窗外星期六的夕阳已经渐渐地落了下去。

***

星期日凌晨，柳真、寿赫及时佑三人坐在湖边的长椅上，直到太阳升起，雾气渐渐散去。三个人一声不响地坐在那里。这是寿赫以自己的方式在向邵阳里书厨、柳真和时佑告别。柳真和时佑也仿佛理解他的心情一般，不时地看着湖面在点头。这是一个与邵阳里书厨告别的早晨。在适当的距离，适当地告别……

是时候回归日常生活了。待在邵阳里书厨的时光确实很温馨、很安逸，像一缕照进黑暗中的阳光，像窒息时吸到的一口新鲜空气……然而它并不能让寿赫的人生发生戏剧性的转变。早在他身上穿着的衬衫变得皱巴巴的、在他没能刮胡子而变得胡子拉碴时，就已经预示着这场缘分进入了倒计时。

在回首尔的高速公路上，寿赫想起了湖面上蒸腾的水雾。清晨的阳光照射在湖面上熠熠生辉的场景始终徘徊在脑海里。车内回荡着引擎高速旋转的嗡嗡声。通过后视镜，他看到一辆大型SUV（运动型多用途汽车）打着转向灯变换车道，然后一个加速完成超车。车速表上的时速已经超过一百一十公里，导航系统上显示将于五十二分钟后到家。导航系统的画面不时地闪烁着红光，告知前方几百米处有违章摄像。

笔直的高速公路看着就像是一道从慰藉和休息的时光拐入日常生活的警戒线。寿赫不由得联想起回到空无一人的家中独自吃午饭的场景。届时，冰冷的寂静又会充斥整理得井井有条的空间。虽然一切看似没有变化，但他确定一切都将变得不同。想及此处，他的嘴角不由得往上翘了翘。

《清晨应该思考死亡》

[韩]金英敏

每个人都有一个计划,直到被一拳打在脸上。

第六章

初雪、怀念、以及故事

柳真打开笔记本电脑里的"邵阳里书厨照片"文件夹。明天有一场员工会议，所以她需要提前选好用在邵阳里书厨专用台历上的照片。

阳光透过一尘不染的宿舍客厅的落地玻璃窗照射进来。墙壁上挂着几张看似来自其他时空的夜空照片，极为吸引人的眼球。酒红色和淡粉色掺杂在一起的五月玫瑰在深绿色的藤蔓叶子间昂首挺立。参加工作时的人们一个个表情极为认真，埋头专心撰写图书推荐的员工的形象也映入眼帘。除此之外，还能看到披在秋末山脊上的壮观的晚霞、牵着手阅览书籍的恋人背影、由牛肉萝卜汤和韩式烤肉及鸡蛋卷组成的早餐餐桌等林林总总不下几十张不同内容的照片。

每张照片烙下了关于当天的温度、湿度、气味、听过的歌曲、心情及想法的印记。也许正因如此，每张照片都令人感到伤感，因为照片就像一个永恒不变的存在，哪怕时过境迁、物是人非，它也依然保持着原貌，不过这份伤感并不凄凉。那是一种了解任何故事都有结束的一天，所以会抱着舍不得的心情不断回顾的那种伤感。

这些照片中还夹杂着一些视频文件。首先闯入眼帘的是某个夏夜，几十只萤火虫成群结队飞舞在庭院里的画面。这段影像就像是通过延时摄影对宇宙的形象进行的一个总结。清晨的山涧里，灰蒙蒙的雾气忽聚忽散、变幻莫测。此外，视频中还能看到读书会上客人们声情并茂地朗读的画面，还有他们经常光顾的花店的闵社长系着围裙一边跟亨俊闲聊，一边布置花盆的场景。

正在微笑着观看视频的柳真的眼神突然停留在某处。她在那里看到了寿赫的身影。参加摘板栗活动的两个小孩穿着结实的胶鞋，踩着板栗球露出灿烂的微笑，而身旁便是穿着大妈裤的寿赫。寿赫也笑着与孩子们对视，但看到其中一个孩子没站稳即将摔倒，便立即伸手将对方扶住。柳真不由得想起寿赫提过的那首华尔兹爵士乐曲。

自从那天回去后，寿赫就再也没有联系过他们。虽说没有交换手机号码，但如果有心想要联系，完全可以通过邵阳里书厨的网络社交账号跟他们联系。柳真不是埋怨寿赫的冷漠，而是有些担心对方的状况。回想着当初寿赫那疲惫而又孤独的眼神，柳真将这段视频看了一遍又一遍。

四周突然陷入寂静。柳真抬起头四处张望。万籁俱寂，窗外悠悠地飘下万千瓣晶莹的雪花。这是今年的头一场雪。风一吹，雪花如风中的桃花瓣，飘舞着卷上半空，又纷纷扬扬飞落下来。积雪的厚度已经堪堪没过脚腕。嘈杂的鸟鸣和草虫的鸣叫声消失无踪，只留下一片无声的寂静。

柳真推开了窗户。被雪覆盖的世界就像穿上一件薄薄的外套，竟连寒意也退去不少。四周响起类似用扫帚扫地的沙沙声。原来下雪也是有声音的。

书吧里传出埃迪·希金斯三重奏的《圣诞协奏曲》，也就是在下着雨的夏夜跟昭熙及亨俊一起在书吧听过的那首曲子。

也不知大家过得怎么样……

柳真的脑海中不断掠过那些来过邵阳里书厨的人的面孔。有些人的容貌像是刻在脑子里一样异常清晰，但有些人则只记得说话时的嘴型、垂在牛仔裤上面的羊毛衫上的毛球、被风吹得凌乱的褐色长发、独特的笑声等一些特征。

有些时候，人真的可以依托思念活下去。柳真有时也会借助思念的力量给予自己安慰。她觉得当思念一个人时，那种情感会化作雪花落到对方的身上，使得对方无意中想起自己。虽然大家都天南海北过着自己的生活，但总有一天会在思念中重聚。也许世间的故事都是这些思念的溪流汇集而成的也说不定……

望着窗外陷入沉思的柳真,猛地从座位上弹了起来。一道略显狼狈的身影正走进邵阳里书厨,对方的表情显得有些窘迫,一路走来,在白皑皑的雪地上留下一串漆黑的脚印。

***

"没想到你真的开了一家书馆。当初,我还以为你是在开玩笑。"

对方说这话应该是想要缓和一下尴尬的气氛,但这次尝试显然失败了。柳真假装平静地笑了笑,但嘴角却总是不自觉地向下抽了抽。邻桌坐着五名四十多岁的女性,看似是同学之间的聚会,一片欢声笑语,跟柳真他们一桌的寂静形成鲜明的对比,使得二人之间的气氛变得更加尴尬。

"哦,是吗?"

听到柳真敷衍的话语,前辈假装咳了一声,低头吸了一口奶茶,以掩饰自己的尴尬。意识到沟通受阻,前辈也不再没话找话,而是环顾四周,打量起了书吧内的环境。狭长的眼睛使对方看起来更加冷漠。

"怎么不接我电话?"

"嗯,怎么说呢?当时确实觉得没什么好聊的。"

对方将身子往椅背上靠了靠,叹了口气。椅子发出一阵细微的呻吟声。

"我不是说过吗?等处理完公司的事情后咱们见面

好好聊一聊。当时联系不上你，我就让尚赫帮我向你转达一下，没想到你之后干脆就不接我电话了……"

随后又是一阵令人窒息的沉默。柳真不由得想起自己独自蹲坐在空荡荡的公司角落，关着灯，默默吞下眼泪的那个夜晚。黑暗中贴着"一切结束"的标签，充斥着压得人喘不过气的沉默。

那天因为其他公司要收购他们公司，她与前辈大吵了一架。经历了三年艰辛的努力，他们公司的业务好不容易才走上正轨。更何况公司还成功引入风险投资资金，往后的一年时间里再也不用担心资金短缺的问题，所以公司上下信心满满、干劲十足。柳真也觉得公司的崛起指日可待，所以这个时候卖公司无疑是十分愚蠢的，然而前辈是一个十分现实的人。在他看来，能撑过三年不倒闭的创业公司屈指可数，因此抓住眼前来之不易的机会，无论是对公司还是对他们这些人的资历都有好处。

"我觉得现在最好的选择就是卖掉公司，找一个好项目重新开始，而且对方给出的条件很优厚。不仅许诺总公司高管职位，还愿意分不少股份给我们。"

"我们都引资成功了，你为什么还要卖掉公司从头再来呢？这有什么意义？"

"你要冷静地分析。你觉得还会有其他公司会以这么好的条件收购我们吗？我们能坚持三年已经算是奇迹了。公司想要盈利，那也是至少十年后的事情，但我们还能不能再坚持三年都是个问题，所以我才打算……"

"所以你打算趁公司还算值钱的时候直接卖掉了事？"

前辈面色渐冷，眼神锐利得让人不敢直视，但柳真毫不示弱地跟他对视。

"要去你去，我是不会去的。去风险投资公司也好，去那家公司也罢，想来创业公司代表的头衔够你炫耀一辈子的了。"

"柳真……"

"前辈，你太过分了。你把我拉进公司不会也是为了让公司披上有顾问出身员工的外衣，等日后能卖出个好价钱吧？说啊，是不是为了这个利用我？"柳真脸红脖子粗地吼道。

"你能不能听我说完？"

"听你说完能改变结果吗？现在一切都如你所愿了，你高兴了？前辈，要去你就自己去吧，就按照你精心制订的那个了不起的计划表好好活着吧，不过请你别强迫我成为像你一样的人。"

二人之间的对话就像莫比乌斯环一样反复循环，而且说出来的话越来越重，越来越难听。最终，还是前辈率先招架不住，离开了公司。虽然他们的公司当时并没有出售，但事实证明，前辈当时的判断是无比正确的。

自从跳槽到风险投资公司后，前辈就一路高歌猛进；相比之下，柳真的创业公司则一直原地踏步，没有任何建树。

最终，柳真以还算过得去的条件把公司的唯一专利转让给其他公司后，再拿了些重组公司的股份就将公司进行清算。后来前辈通过周边的熟人尝试联系柳真，但柳真一直躲着没有见他。在走完公司清算流程后，柳真就把自己关在房间里，两个月没有出门。她甚至还考虑过断掉所有的联系，到阿拉斯加州或南美等没有人认识的地方开始一段新的生活。

***

眼尖的时佑机灵地送上几块巧克力饼干，再朝二人微微躬身后，迅速地消失在柜台后面。旁边的那桌依旧嘻嘻哈哈聊得火热。柳真开口说：

"还是前辈大度，不计前嫌过来看我。跟你比起来，我就像是个没长大的小孩子。"

柳真望向前辈。跟三年前比起来，前辈看起来老了很多，才三十多岁就已经长了白发，深陷的眼角也布满了皱纹。不过对方穿着格子纹的深灰色西服和皮鞋的样子显得很得体。

"其实，在来这里的路上我就想过，自己来得是不是太晚了。当初听到你开了书馆时，我其实一点儿都不意外。你还记得当初我们讨论过创业项目吗？当时你就对内容策展服务很感兴趣。你还跟我提议在网上开一家专门根据客户的个性提供音乐、书籍、电影推荐服务的店铺呢。这些我都记得。"

柳真不由得想起在露天咖啡馆，跟前辈一起喝着啤酒，讨论创业项目的那个夏天的夜晚。当时他们还没有开始合作，而柳真在忙完咨询工作后，就在那家露天咖啡馆跟前辈碰面，然后一直聊到凌晨时分还意犹未尽。那时，他们对即将开始的冒险充满期待，觉得遇到再大的风浪也能闯过去。即便是别人99%会失败的创业，只要跟前辈一起，她就确信他们必定会属于剩下的1%的那一部分人。

"前辈你提出的创意也不少啊。不过跟那些数不清的创意相比，更让我记忆犹新的是在公寓下面的露天咖啡馆喝过的啤酒和吃过的下酒菜。"

前辈僵硬的脸上浮现出一丝温馨的笑容。

"我都怀疑那段时间得的反流性食管炎是不是因为那天晚上奶酪薯条吃太多的关系。"

"单凭贡献值来说，不应该是啤酒吗？还记得我们当时用啤酒盖搭起来的积木有多高吗？"

二人相视而笑。他们作为同一所大学的校友，相识已有十四载。从某种角度上来说，他们对彼此的了解甚至超越了对方的父母。

前辈是一个做什么事情都全力以赴的人，比如：喜欢上滑单板后，他经常练得全身青一块、紫一块；在准备会计师考试时，他每天只开十分钟手机，用来处理必要的事情；在签订合同时，他会对合同条款逐一审阅，确保内容无误之后才会签字。

曾经那么意气风发的一个人，如今却孤独地坐在海边，露出一副缅怀过去的沧桑神情。在过去未能见面的三年里，在各自而立之年的时间间隙里，流淌着一条宽大的河流。在这段隔绝的时间缝隙里，回荡着空虚的回音。

"还记得吗？我们原本打算给公司起名为'初雪'。虽然由于和已有公司重名而不得不放弃，但今天来这里的路上看到突然下起雪来，我就不由得想起我们一起给公司起名那天的光景。"

前辈拿起一块白巧克力饼干塞进嘴里，然后扭头看向窗外。不知不觉间，原本细碎凌乱的小雪转变成铺天盖地的鹅毛大雪，从天空中纷纷扬扬散落下来。望着前辈那熟悉的侧脸，柳真想起了与对方一起度过的无数个日夜。在教室里一起点炸酱面吃的前辈，在一旁倾听自己发牢骚的前辈，在创业办公室开会时累得靠在沙发上睡着的前辈……

柳真认为每个人都有属于自己的"初雪时刻"。每当那时候，嘈杂的日常生活就会在瞬间安静下来，然后出现焕然一新的转变。某些人生的轮廓，只有在经历失败和决裂而变得支离破碎的过往被初雪覆盖之后，才会真正显现出来。就算是尖尖的冷杉树梢，在被雪覆盖后也会变成圆滚滚的"雪花树"。直到那时，原本无法理解的痛苦才会转变为有意义的风景。也许只有经历过这样的变化，有些人才有勇气在雪白的山坡上滑单板吧。柳真想道。

时佑和世琳轮流给一张张桌子点上蜡烛。时间还不到下午五点，但窗外的天色已经变得比较昏暗。桌子上的烛光与窗外的白雪遥相呼应，将整个邵阳里书厨包裹在其中。

"前辈，我其实有话要对你说。"柳真低头躲着前辈的眼神开口道。

前辈闻言挑了挑眉，转头看向柳真，他的脸颊变得通红。柳真不由得想起前辈每次紧张时就会面红耳赤的场景。

"经营书馆的这段时间，我时不时会想起我们创业时的光景。如今回想起来，我发现在创业期间，自己始终处在心力交瘁的状态，不过当时的我并没有意识到这一点。"

说到这里，柳真就停下来，偷偷打量前辈的表情，但对方只是淡淡地望着她，并没有流露出太多的情绪。柳真望着摇曳的烛光，继续说：

"在创业的那段时间，我每周的工作时间都不少于八十个小时。出于不服输的心理，还有为了证明自己是一个合格的项目负责人，我任劳任怨、勤勤恳恳地工作，尽可能地隐藏自己的情绪，全力以赴地追赶所有的项目进度。在我看来，创业的过程就应该是这样。"

在那段时间，柳真每天都泡在工作的海洋里畅游。她做梦都想成为一个胸怀大志、纵横宇宙的勇敢探险家。哪怕当时她的情感状态早已如同经历过战争的废墟一样千疮百孔，她也始终把工作摆在第一位。由于太急功近利，所以她一直鞭策自己要放下情感，不遗余力地朝目标前进。

"回想起跟前辈吵得不可开交的时间点，我感觉当时自己的状态有些不正常。动不动就生出暴躁的情绪，明明不应该那么生气，却一反常态地大吵大闹。成功引资的那一天，回到家中后，我坐在空荡荡的客厅里，怅然若失。自己一直盼望的事情实现了，但心中却没有一点儿波澜，感觉整个人成了一个空壳子。"

柳真回想起那一夜自己独自呆坐在漆黑的客厅沙发上的场景，她的声音带着一丝颤抖。

"柳真……"

"我一直想对你说声对不起。当初我把责任都推到你身上，还说你自私、市侩。那个时候的我心力交瘁，精神内耗严重，所以处于油盐不进的状态。"柳真像是被追赶似的急促地说。

蜡烛散发出来的精油味和书籍的油墨香混合在一起，形成一种奇特的香味。

"我也一样……"前辈淡淡地说。柳真抬头看向前辈，对方回了她一个会心的微笑。

"当时我们都快成了工作狂。每天聊的都是关于工作的事情，还自诩自己的爱好就是工作，都不知道自己已陷入倦怠状态，还自鸣得意。道歉的应该是我。作为前辈，不仅没有照顾好你，自己还跟着犯了糊涂。"

前辈深深地望着柳真。柳真似乎从眼前的前辈身上看到创业之前，也就是大学时期前辈的身影。大学时期在风险投资社团遇到的前辈是一个很有趣的人。尽管他不是一个天生诙谐的人，但总是能戳中柳真的笑点。直到遇到前辈之后，柳真才意识到自己也是一个很爱笑的人。

"其实我今天是有事找你。"

柳真支起身子，露出紧张的神色。前辈笑吟吟地看着她说：

"这次我们公司创办社内图书馆，正寻找一位图书管理人。你也知道我们是IT公司，所以应该需要一些讲述挑战和创新的书。另外，员工在工作中受挫的情况比较多，所以我觉得一些能给予鼓励和安慰的书也很不错。当初听到这件事情后，我就觉得这是为你量身定做的项目。当然，我不是让你现在就做决定，你可以考虑好了再告诉我。"

说着，前辈就拿出一张名片放在桌面上，名片职位上写着"战略策划部部长"几个字。柳真拿起名片打趣道：

"哟，这么快就晋升部长啦？前辈你都向我开口了，我还能拒绝不成？不过，你们打算出多少钱请我？另外，是一锤子买卖，还是定期更换主题的长期合作？如果是后者，第一期主题这不就有了吗？创意和倦怠。"

二人相视而笑。

"论执行力，还得是柳真你啊，那就这么说定了。下个月，你抽空来一趟我们首尔的办公室，谈论一下细节。哦，对了，给社内图书馆起名的事情也麻烦你了。"

柳真微微颔首，同时打开手机备忘录，在上面写下几条注意事项。前辈盯着柳真看了一会儿，问道：

"不过你为什么给书馆起名叫'邵阳里书厨'？'邵阳里'是地名，倒是可以理解，但'书厨'是什么意思？听着更像是一家餐厅。"

"有不少客人也这么觉得，还有人问是不是教烹饪技巧的地方。不过最搞笑的是就像你说的那样，看到名字里有'厨'字就把这里当成餐馆，打电话过来订餐的。"

前辈顿时乐得前俯后仰。

"书厨，一听就像很有格调的餐厅。"

"喂，前辈，你够啦！"

柳真也笑着环顾四周。窗外皑皑白雪中高低起伏的山峦，犹如一幅诗意盎然的水墨画。

"顾名思义，书厨就是书的厨房。我希望这片空间能像食物一样填补我们内心的空虚。我发现生活中其实有很多像曾经的我一样，透支体力和激情在工作，最后产生倦怠情绪的人，所以我希望书中的各种美味的故事能扩散开来，让人们感受到心灵上的饥饿，从而找到能够填补内心空虚的东西。当然，如果他们能写出洞察自己内心的文章就更好了。"

"原来如此。书厨，书的厨房……怪不得会有书吧和图书主题旅馆。"前辈很有节奏地点头道。

隔壁餐桌上碗碟碰撞的声音听着像背景音乐一样让人心情愉悦。窗外，夜幕降临。在咖啡色夜幕的衬托下，屋内的烛光显得比之前更加明亮。事实上，即使没有烛光，下雪后的夜晚也很亮堂。

"柳真，你的气色看起来比以前好了很多。"

彻底放松下来后，前辈的脸上也露出了安心的神色。

"我说的是真的。怎么说呢？整个人看着更加坚毅，也更加安逸了。感觉这才是真正的你。"

送走前辈后，柳真回到屋内。透过窗户，可以清晰地看到雪地上留下的两串清晰的脚印。由于一直下着雪，原本黑色的脚印消失不见了，只留下白色的脚印。前辈留下的皮鞋脚印旁边就是柳真留下的运动鞋脚印。

柳真站在窗边，再次掏出前辈的名片。这张小小的长方形硬纸片覆盖了柳真心中三年的空白。曾几何时，她拿着印有创业公司标识的名片逢人就发，回想起来，一切仿佛就在昨天。

可能是下雪的关系，书吧里显得有些冷清。这时，书吧的大门咣当一声被人推开，同时一阵冷风带着几片雪花灌了进来。

"姐，你知道吗？戴安今天出正规专辑了。"时佑大呼小叫地朝柳真跑了过来。

"知道啦。从一周前开始，你每天都要在我耳边念叨至少三遍，我能不知道吗？"

"那你怎么不记得今天七点开始有戴安的网络广播直播呢？天哪，现在都七点十一分了。我真是该死！明明定好了闹钟，转眼又给忘了。"时佑连珠炮似的抱怨着，一屁股坐到柳真身旁。他用手机打开网络广播应用软件，窗口弹出戴安和广播主持人的面孔。与此同时，手机扬声器里也传出女主持人婉转动听的声音：

"今天是十二月的第一天。而今天，我们盼来了像今晚的初雪一样令人心动的音乐礼物。那就是时隔四年,带着正规专辑强势回归的音色女王——戴安!"

"大家晚上好,我是戴安。能再次带着音乐作品跟大家见面,我感到很高兴!"

"哇,现在节目现场的氛围真的很热烈。可以看到我们的工作人员和导演一直笑得合不拢嘴。戴安给我们带来的第一首曲子就是专辑的主打歌《冬天我们所爱的》。这首曲子很轻快、活泼,听了之后就会让人不由自主地联想到'戴安'。你能给我们讲一讲这是一首什么样的歌吗?"

"好的。这张专辑包含了过去我作为创作歌手生涯的回忆。里面有我在那个冷漠、残酷的时代里所感受到的令人暖心的记忆,还有一些默默陪伴着我、给予我鼓励的人的影子。"

"我们的直播是从七点开始的,但专辑是从六点开始售卖的,对吗?我们刚刚确认过,这张专辑一经发售,里面的主打歌就冲上各音乐平台的榜首。我只能说不愧是戴安,祝贺你!"

"可能是今天下了初雪,很多人在听完我的歌后心情会变得更加愉悦的关系吧。感谢所有关心我的人。另外,我特别想对这次的专辑制作过程中,跟我一起辛苦付出的工作人员和制作人说声'谢谢'。"

"我很好奇,这次的专辑中戴安你个人最喜欢的歌曲是什么,能给大家讲讲吗?"

"还真有一首特别喜欢的曲子，就是曲目最后的那首演奏曲——《奶奶和夜空》。我和奶奶的关系特别亲密，但她在一年前不幸去世了。我是抱着给奶奶写信的心情创作这首曲子的。"

"这算是你创作的第一首演奏曲吧？太让人好奇了。那我们还是长话短说，赶紧来听听吧。"

这首曲子是由如春风拂面般柔和的钢琴独奏引入的，听着有种轻轻走在林间小道上的感觉。不过很快，钢琴声就像汹涌的波涛一样变得急促起来。随后仿佛在回应钢琴声一般，一阵沉稳而优雅的大提琴声加入演奏中。曲子时而委婉低沉，时而高亢激昂，仿佛点亮一颗颗夜空中的星星。紧接着，小提琴也加入其中，让曲子渐渐进入高潮。最终，曲子在大提琴悠扬的独奏中缓缓地落幕。柳真在曲中感受到了秋风瑟瑟的邵阳里。

整首曲子没有任何华丽的技巧和太过激昂的旋律，也没有陶醉于自己的情感而进行过度的包装。曲子中可以清晰地感受到戴安与奶奶一起仰望的那片夜空及看到闪烁的繁星时那一瞬间的激动。这是一首清澈、淳朴的曲子，就像一封写得情真意切的信。

柳真不断回想那天晚上多仁说过的话：

"后来我睡觉时经常会梦到奶奶家。晴朗的白天，奶奶穿着一身好看的韩服，站在那里朝我微笑，然后不知从哪里飘来小时候去过的栗子树林的气味，而我发现自己所处的地方是一个被暗淡的紫色和红色侵蚀的世界。"

邵阳里书厨的梅花树静静地聆听着悠扬的钢琴曲，细细的树枝上积满了厚厚的雪。夜渐渐深了，积雪也逐渐冻成红豆刨冰状。

虽说是下完初雪后的冬夜，屋子里却感受不到一丝寒意。是这段时间来过这里的人们所携带的温度尚未散去的关系，还是因为某些人鼓起勇气，穿过下雪的山路来到这里？又或者，是因为在黑暗中响起的钢琴演奏曲给予了听众心灵的抚慰？柳真望着梅花树树枝上的积雪陷入了沉思：也许它们是曾经跟多仁一起仰望过的星光落下来形成的吧？

第七章

因为是圣诞节

《蝴蝶》

[日]江国香织

蝴蝶可以去任何地方。跨越昨天,穿过今天。

世琳知道智勋从一个小时前就坐在那里。智勋回到书吧是在下午三点左右。由于是圣诞节前夕，所以店里的客人一直络绎不绝。智勋无言地走进来，点了一杯热美式咖啡。世琳热情相迎，但智勋却无动于衷，目光空洞。

接过咖啡后，智勋就走到后院的长椅上坐下不动弹，像一只蜷缩在黑暗角落里的小动物，露出迷茫的神色。凛冽的寒风从衣领缝隙里灌进来，但桌上的热咖啡，他连动都没有动过一口。不知不觉间，智勋的周围开始飘落下一朵朵雪花。

"世琳，那位就是萤火虫……那位，对吧？挺浪漫的。"时佑走到世琳身旁询问道。

此时，世琳正望着智勋的背影在发呆。听到时佑的话，她一脸唏嘘地点了点头，说：

"举办户外婚礼的那天，他们俩回到书吧里待了一阵就走了，就是不知道结果如何了。太令人好奇了……"

"你不是认识他吗？大大方方地问一下不就好了？"

"哼，这种事也就你能做得出来，我可不敢问。"

时佑扒拉着用来制作巧克力和柠檬蛋糕的材料，若有所思地点了点头。

智勋坐在那里一动不动，宛如一尊雕像。原本一片片飘落的雪花，不知何时夹杂着湿漉漉的雨滴，变成了雨夹雪。说不定等天黑了，气温降下来，它又会变成鹅毛大雪。

智勋不由得回想起流萤飞舞的那天玛丽说过的话：

"智勋，你知道我跟你在一起最喜欢什么吗？那就是我不需要说谎。跟你在一起，我不用聊考试成绩如何如何，没有人问我有什么跟妈妈的美好回忆，也不用炫耀自己新买的包包和鞋子。你是一个……一个能让我展现出自己真实一面的人。在跟你相处的那段时光里，我或许藏着很多秘密，但绝不是一个坏孩子。但跟你分别之后，我渐渐就开始堕落……

"起初只是一些小谎言，但等回过神来，我发现自己早已虚构出包括学历、家人在内的一切。不，这不是虚构，而是我就是这么认为的。于是当有一个条件不错的男人向我求婚时，我毫不犹豫地答应了，因为我觉得自己完全可以借助丈夫家里的背景登上更高的舞台。如今，我丈夫已经把我告上了法庭。这场官司打了快一年，但还没有结束的迹象，都不知道以后还要打多久。来到韩国后，我总算才能喘口气，莫非因为这里是我出生的地方……"

玛丽并没有告诉智勋，自己来韩国就是为了看他；也没有告诉他，自己乘坐飞机前心里想的是在死前看他最后一眼；更没有告诉他，因为他，自己才有了继续活下去的勇气。

"智勋，这个蝴蝶标本，我收下了。另外……我希望自己在你的记忆里是一份美好的回忆。"

"玛丽，我……"

玛丽斩钉截铁地说：

"我能成为你过去的回忆就已经很满足了。至于现在和未来，是不可能的，我不配。"

不知何时，智勋身后的梅花树上也落满了雪。智勋出神地望着对面，仿佛树林中有什么人要走出来。世琳也望向智勋的目光停留的地方，那是一条林间小道。智勋的背影很像悲剧电影中的片尾镜头。虽然书吧里一直回响着甜蜜的圣诞颂歌，但世琳却一点儿都开心不起来。

她有些犹豫，不知道该不该跟孤坐在那里的智勋搭话，自己贸然过去是否有些唐突。她不由得回想起夏末来到书厨的玛丽，然后视线下意识地瞥向柜台下方的某个抽屉。

***

萤火虫活动结束十多天后，玛丽突然一个人回到书厨。虽然接近晚上六点书吧打烊的时间，但气温依然热得让人发狂。远处低沉的乌云仿佛随时都能压塌山顶。此时就算马上下一场暴雨，想来也不会有人感到奇怪。

当玛丽小心翼翼地推门进来时，世琳一眼就认出了对方。她急忙收敛了一下惊讶的神色，并没有自来熟地主动去套近乎。跟上次见到时相比，玛丽的面容显得有些憔悴。世琳保存了一下手中正在编辑的图书介绍手册文件，从座位上站了起来，然后笑着打招呼：

"呀，你是智勋的朋友，对吧？"

"啊，你好。原来你还记得我。"玛丽羞涩地颔首道。

哪怕只是穿着白色T恤衫和牛仔裤，也难掩对方身上清纯、优雅的气质。玛丽有些扭捏地询问道：

"那个……现在还有延迟邮箱活动吗？"

她提起了四月份举办过的某个活动。这是选一本书后，给自己写信就会在圣诞节前夜寄给收件人的活动，反响一直很不错，结束后还经常会有人询问。世琳面带微笑地解释道：

"啊，正式活动已经结束了。不过谁叫你是智勋的朋友呢，我就勉为其难给你开个后门吧。"

闻言，玛丽也跟着笑了起来。不过玛丽的微笑，让世琳联想起了百货商场里的售货员们露出的微笑。当然，所谓的开后门什么的都是借口。事实上，玛丽提起延迟邮箱活动的时候，世琳就已经猜到对方想要干什么了。玛丽分明是想要给那天一起来的智勋留下点什么。作为各种言情剧的狂热爱好者，世琳第一时间便意识到自己即将成为某部言情剧的重要配角。她极力压下激动的心情，朝着玛丽连连点头说：

"就是这个……"

玛丽从环保袋中拿出了一本书。由于封皮是一层半透明的纸张，所以世琳一眼就看到了书的封面。书名是用一种轻盈的字体写成的，下面画着黄色的蝴蝶展翅的图案。这是日本作家江国香织写的童话——《蝴蝶》。封皮纸上写着："致我最珍贵的朋友智勋。"

"请问能在明年七月三十一日寄到对方的手中吗？那天是智勋的生日。到了那时候，我应该已经离开韩国了……至于寄件人，就写邵阳里书厨好了。"

告知智勋的地址和联系方式后，玛丽点了一杯冰拿铁握在手里转身离去。在转身的那一刹那，她仿佛彻底放下心中的包袱，连走路的步伐都轻盈了不少。

***

玛丽的身影和智勋的身影重叠在一起。既然玛丽托付她明年夏天给智勋寄过去，那她就不能自作主张现在就将书转交给对方。但世琳觉得自己可以给智勋一点点提示，毕竟有些人能继续活着靠的就是那点对美好未来的憧憬，不是吗？

犹豫了半晌后，世琳就开始制作热巧克力。鲜奶油只加了原来的一半，因为她觉得智勋可能不是很喜欢太甜的东西。她给热巧克力撒上一点儿肉桂粉，然后又装了一些核桃饼干放在椭圆形的小碟子上。热巧克力的深褐色与鲜奶油、碟子的白色混在一起，让人不由得联想起被雪覆盖的林中小屋。世琳端着热巧克力和饼干，小心地一步步往外走去。

雪下得越来越大。风喧嚣着，发出类似于洗衣机脱水时的咚咚声，转瞬又戛然而止。世琳走出书吧大门，一路走到后院，最先入眼的是披着一身银色披风的梅花树。

等世琳过来的时候，智勋已经不在那里了。他坐过的地方还没有被雪覆盖，留下了一个圆圆的痕迹。世琳把盛着饼干和热巧克力的盘子放到桌面上，再用双手紧紧地裹住装有热巧克力的马克杯。一股甜蜜的香气萦绕在鼻尖，手指尖也传来丝丝暖意。世琳抬头看向之前智勋一直望着的林间小道，那里隐隐约约有盛夏的流萤尾灯在不时地闪烁。

世琳想象着明年智勋收到那本黄色封皮书时的场景。玛丽究竟给智勋留下了什么样的回答呢？智勋会喜欢里面的哪些文章呢？想到这里，世琳不由得想起那本书中的一句话：

蝴蝶可以去任何地方。跨越昨天，穿过今天。

***

娜允发现公寓门前的邮政快递是在圣诞节前夕下午一点左右到的。以往到了圣诞节前夕，她都会请一天假，或只上半天班就离开办公室。反正是自由工作制，没人会管你什么时候上下班。事实上，办公室从上午开始就已经很难见到几个人影。娜允在办公室附近的咖啡馆点了一份蔓越莓炸鸡三明治外卖。她先确认了一遍邮件逐渐减少的邮件箱，又守着办公桌吃完刚点的三明治，然后在十二点三十三分起身离开公司，因为她实在找不出自己不下班的理由。

下午五点钟，娜允要到哥哥家陪五岁的侄女吃饭。这位说话带着奶音、可爱度满值的小公主对于姑姑即将送给自己的艾莎公主裙可谓翘首以盼，甚至连传说中的圣诞老人的礼物都要往后靠。娜允在家族聊天室里看到了哥哥一家上传的侄女蔡恩跳《不能哭》律动舞蹈的视频，蔡恩可爱的小酒窝瞬间击穿了大龄未婚姑姑的心房。

到家后，娜允在第一时间拆开快递箱子。箱子被打开后，露出了被包裹在气泡垫里的《山茶文具店》和写给自己的那封打着密封蜡的信。娜允先是拿起了一张拍立得照片。照片以邵阳里书厨建筑为背景，樱花纷飞的画面美不胜收。温暖的阳光下，铺天盖地的樱花如雪花般飘落。记得那天的风很柔和，柔和得就像一团棉花糖。

春天在邵阳里书厨度过的时光，让娜允有一种十分遥远的错觉。明明只过去了三个季节，但仿佛像是穿越到另一个世界后，又返回到现实中。

娜允不由得想起完全融入邵阳里书厨日常生活中的世琳。偶尔通话的时候，世琳的声音听着都很愉悦，周边也很热闹，手机里面仿佛刮着不同质感的风。她没有参加南宇的婚礼。至于世琳是否故意装出开朗的样子，还是邵阳里书厨的氛围让她变得乐观，又或者她原本的性格就是如此开朗，娜允无从知晓。

娜允拆开蜡封，掏出信纸摊开。那一天在邵阳里书厨写信的娜允和今天的娜允是完全不同的两个人，不过当天写信时笔尖落在纸上的触感却依然保留在娜允的心中。

致娜允：

圣诞快乐！你收到这封信的时间应该是在圣诞节前夕，对吧？我现在待在一个樱花纷飞的季节里。这里的天气很暖和，白天即使不穿风衣也能骑自行车。

我还是第一次给自己写信，所以内容可能

有点啰唆，我就当是写日记了，你也要体谅一下。最近你的心情怎么样？昨天星期五晚上，与灿旭、世琳一起即兴旅行的时候，我们鬼哭狼嚎地唱着《樱花结局》，不知道有多痛快，但最后不知为何，大家的心情都变得有些忧伤。当时，我们为什么会感到忧伤呢？在那之前，我好像从未询问过、正视过自己的情感。

而如今，看到樱花绽放，花瓣随风飞舞的样子，我却有些莫名地伤感，感觉二十岁芳华就这样离自己远去。如果像现在这样活下去，我们是否能有所作为呢？我们又有什么样的婚礼呢？二十九岁看到的未来依旧不清晰。也不知到了圣诞节前夕，我是否能给自己内心的情感贴上合适的标签呢？还是会忘记这一切，一如既往面无表情地继续上班呢？

四月的娜允

快递包裹中还藏着一个小小的惊喜。最后登场的明信片上写着一行粗大的字"圣诞节前夕邀请函"，下面是标题"人生食谱图书处方"；最下面则是一幅一群小孩在屋外装扮圣诞树的插图。

圣诞节前夕，诚邀各位莅临书厨！来时请

携带最能体现自己兴趣的书或能给予读者温暖的安慰和鼓励的书。我们将为您提供从邵阳里书厨收集的书中换一本带走的机会。剩下的书将捐赠给邵阳里小学图书馆,所以多带几本书,我们也举手欢迎!当然,即使空手过来也没关系,因为马上就是圣诞节了嘛。

最下面详细记录着关于聚会的具体细节。娜允一眼就认出那是世琳的笔迹。看到附言后,娜允不由自主地露出了微笑。

P.S. 娜允,你怎么还没出发?

娜允觉得有时人生真的很像这张邀请函。原本应该按照可预见的日程表推进的一天,突然遭遇意料之外的状况。按照预定的计划,五点前抵达哥哥家中陪侄女一起吃饭的安排和前往邵阳里书厨参加平安夜派对的变化,不断逼迫娜允做出选择。

娜允先将手机、小手册及一支凌美钢笔装进两个巴掌大小的焦糖色手提包里,再打开衣柜从中翻出最厚实的深灰色羽绒服,然后又重新拿出手机,给某人打起了电话。时间已经来到下午两点。公寓外乌云密布,天色阴沉得宛如傍晚。

***

昏暗的邵阳里书厨飘起了雪花。走入庭院后,最先看到几株傲然挺立于风雪中的梅花树。人们三五成群地围在梅花树旁,忙着往树枝上挂装有信和纸条的时间胶囊。悬挂在梅花树旁书吧门前的海报也映入二人的眼帘。

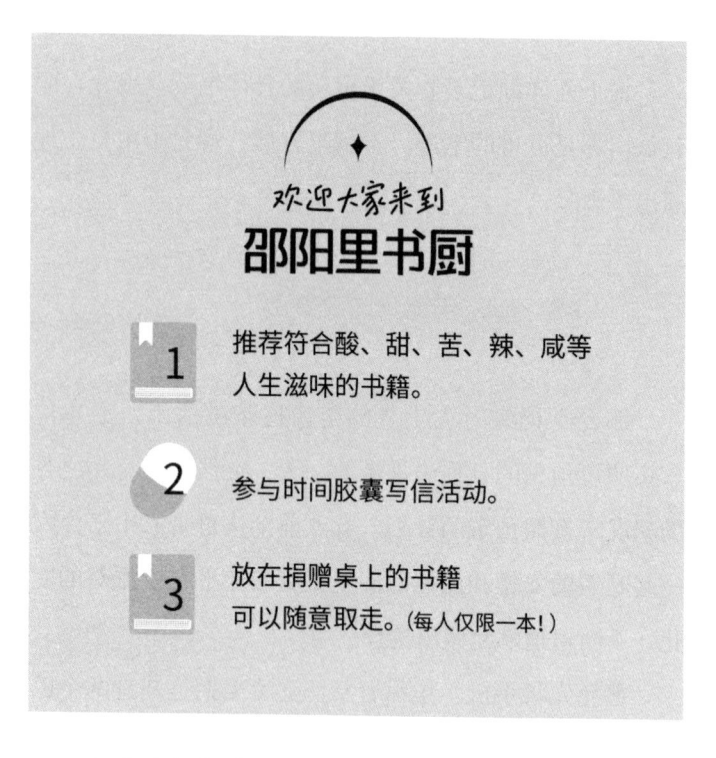

> 欢迎大家来到
> **邵阳里书厨**
>
> 1. 推荐符合酸、甜、苦、辣、咸等人生滋味的书籍。
> 2. 参与时间胶囊写信活动。
> 3. 放在捐赠桌上的书籍可以随意取走。(每人仅限一本!)

在透过窗户看到室内的装扮后,娜允和灿旭顿时目瞪口呆。

"哇,这里又是另一番景象!"

"是啊。外面是冬天，里面是夏天。室内……莫非是夏天的圣诞节风格？"

推门而入后，一株由梅花树装点起来的圣诞树立于大厅中央，上面挂满琳琅满目的装饰品和小彩灯，流光溢彩、炫耀夺目。制作桑格利亚酒①的桌子上则不时地传出冰块碰撞的叮当声，而一旁的冰桶里则埋着几瓶莫斯卡托香槟。除此之外，二人还在桌子上看到装着柠檬的果篮，上面贴着"柠檬蛋糕制作原料"的标签。

"娜允——"

"呀，世琳——"

灿旭和娜允刚进入书吧，世琳就像迎接主人的小狗一样，欢呼雀跃地跑过来扑进娜允的怀中。由于二人的身高相差不大，所以她们相互抱着彼此的肩膀，高兴地转起了圈圈。

"喂，差不多得了，这么多人看着呢。不过，你们没准备啤酒吗？"

灿旭进来后的第一件事情就是找啤酒。闻言，世琳抬头上下打量了灿旭，说：

"哟，李灿旭，你这打扮得人模狗样的，怕是费了不少心思吧？"

"哈哈哈，世琳，今天原本有人要给灿旭介绍对象，

---

① 西班牙的一种汽酒，口感稍甜，分为白、红两种，可以加冰块饮用。

但对方连面都没有见就直接踹了他。"

"介绍对象？"

"是啊。你不会以为他平时上班也这么衣着光鲜吧？"

"喂，崔娜允，我哪里有被踹？对方只是问我能不能把见面的日子推到二十六日而已。"

"反正都差不多嘛。"

三人相互打趣的时候，娜允偷偷打量着世琳。六个月的时间里，世琳似乎发生了某些变化。首先她的皮肤有些被晒黑，而且可能是体重下降的关系，下颌线变得更加清晰。

"世琳，你是不是变瘦了？感觉变得跟以前有些不一样。"

"是吗？这里没有体重秤，所以我也没有太关注。不过我每天都要拆快递，打理庭院，准备客人的餐饮，打扫屋子什么的，几乎忙得脚不沾地，所以被强迫运动的时间很长。嘿嘿。"

世琳嘴上说着抱怨的话，但看得出对现在的生活很满足。

"哦，对了，时佑去哪儿了？"

"他被困在厨房里出不来了，要做的东西太多了，哈哈。我去告诉他你们来了，老朋友来了，怎么也得抽空看一眼不是？"

世琳朝厨房看了一眼,像是在确认还剩下多少菜品没有做完。看到这一幕,灿旭挤眉弄眼地打趣道:

"你俩看着有点像这座度假山庄的老板和老板娘啊。"

老实说,娜允也有这种感觉,顿时扑哧一声笑了出来。世琳不以为意地摇摇头,说:

"要来电早该十年前就来了,还用等到现在?"

"喂,浪漫是不分时间和场所的。谁知道你俩会不会干柴烈火,一下子就烧起来。"

看到娜允也加入攻势,世琳急忙转移话题:

"我看你们是还没睡醒。好了,你们先在这里吃点东西,我还有很多事情没有忙完。哦,对了,你们今晚就住这里了,没问题吧?"

世琳没给灿旭和娜允回答的机会,逃也似的走到另一位员工身边,跟对方说起了什么。屋子里其他工作人员有的迎接客人,有的搬运食物、打扫卫生,有的摆弄装饰品位置,一副忙碌的景象。

娜允和灿旭也站起来,优哉游哉地走到摆着自助餐的桌子前。过了一会儿,娜允一手端着装有炖排骨、三文鱼沙拉及薯条的餐盘,一手拎着咖啡返回到原来的位置,而灿旭则一动不动地望着餐桌对面的某处。

"咦……那是什么?怎么看着有点眼熟?"

那里是专门摆放笔记本手册和环保袋等商品的区

域。笔记本封面上印着三只博美犬开心地在邵阳里书厨庭院里玩耍的场景；环保袋上的封面是一对年轻情侣面对面坐在书吧里陷入思索，旁边还有一对老年夫妇微笑着挑选书籍的画面。

"嗯，那些都是世琳画的。"

不知从哪里钻出来的时佑用淡淡的口吻解释道。娜允顿时瞪大眼睛问道：

"真的吗？"

时佑微笑着点了点头。灿旭夸张地叫道：

"哇，闵世琳，你现在都成插画家啦？"

娜允和灿旭像是在看什么稀世珍宝一样凑过去打量着眼前的商品，然后不约而同扭头看向世琳。这时，世琳也仿佛心有灵犀般转过头，微笑着朝他们摇了摇手，一如四月春天里的某一天……

"原本是为了网络营销，画了些关于邵阳里书厨的插画，但没想到反响挺不错的，于是就决定用来制作商品。明年说不定还会在网络商城销售。"不知何时走过来的世琳吹着热可可淡定地解释道。

娜允双眼放光地看着世琳赞叹道：

"哇，这也太神奇了吧？一会儿别忘了给我签个名。不过看你最近都很少给我打电话了，这里有这么好吗？"

"如果真有那么好，我就每天给你打电话炫耀了。

住在森林里，真的很孤独、很无聊的，我也不好意思每天跟你抱怨，只能不断给自己找事做喽。"

"喂，闵世琳，你这样说就不对了。这里经常举办各种活动，而且还能遇到各种有趣的事情，不是吗？"时佑不认同地反驳。

"啧啧，你俩还真有夫妻相。"娜允插嘴道。

世琳无语地摇头道：

"什么夫妻相，我俩是纯战友的情谊。"

"老夫老妻不也这样吗？"

望着恨不得仰天长叹的二人，娜允和灿旭笑得前俯后仰。

四人坐在窗边，朝院子里望去。开阔的庭院里不断飘落着像毛毛雨一样的粉雪。一个四五岁的小孩像是欢快的小狗一样在雪地里蹦来蹦去。她穿着一件格纹大衣和紫色天鹅绒连衣裙，脸冻得通红，头顶着一撮雪花，活像一棵小圣诞树。小女孩回头看了一眼妈妈，像是在炫耀自己的衣服一样，滴溜溜地在原地转了一圈，然后发出银铃般的笑声，长长的马尾辫轻轻摇曳在风中。看到小女孩，娜允不由得想起自己的侄女蔡恩。娜允开口说：

"老实说，我很难想象自己以后养孩子的场景。"

"那倒是。来邵阳里书厨的孩子看着倒是挺可爱的，但他们撒泼打滚儿、耍脾气的时候,简直让人心力交瘁。还有,看到那些恨不得黏在妈妈身上,上个卫生间都不让人安生的场面,我也怀疑自己以后能否生养得了孩子。"

闻言,灿旭将身子往后靠了靠,说:

"重要的问题不是孩子。正如我以前说的,我都不知道自己能不能结婚。一提到结婚,就感觉是一件很遥远的事情。"

时佑灌了一口桑格利亚酒,附和道:

"我也一样,感觉我人生中出现关于结婚和孩子的场景绝对是两百年后的事情。"

娜允也露出苦涩的微笑,点了点头。这时,屋内响起轻缓的华尔兹。悠扬的节奏有点像电影开场时的背景音乐,又像是开启新篇章的前奏曲。

"哈,我最喜欢这首爵士乐了。我们老板每天都会放它。你们不妨也听一听。"

四人听着音乐,默契地望着窗外的女孩和她的妈妈。夜色渐暗的庭院里立着一株用灯泡装点的梅花树;书吧的灯光像是舞台上的聚光灯一样照在女孩和她的妈妈身上,让人有种在欣赏一场音乐剧的既视感。

In the sun she dances

To silent music-songs

That are spun of gold

Somewhere in her own little head

Then one day all too soon

She'll grow up & she'll leave her doll

And her prince & her silly old bear.

When she goes they will cry

As they whisper good-bye

They will miss her I know

but then so will I.

阳光下,她在轻柔的音乐中翩翩起舞。

跟随她小小的脑袋中回荡的旋律……

总有一天,她会很快长大,远离她的洋娃娃,

她的王子和玩偶熊。

她离开时,也许他们会哭泣,低声说"再见"。

他们会想念她,我也一样。

娜允想到自己的侄女蔡恩。五岁的蔡恩很快就会在这个世界上消失,然后出现六岁、七岁、八岁……二十岁的新蔡恩,而五岁的蔡恩只存在于照片或视频中。成为大学生的二十岁蔡恩会忘记那个曾经用舌头舔雪花、说话软软糯糯的五岁蔡恩。所有的回忆将只存在于周边看着她长大的人们的脑海中,就像没有洗出来的相机里的胶卷一样。想及此处,娜允突然感到有些莫名地

伤感。

世琳开口道：

"我小时候也有过跟她一样的时光吧？可我怎么就想不起那个时候的事情呢？"

灿旭将手举到头顶，伸了个懒腰，随之将目光从小孩的身上挪开：

"是啊。如果真的有神，她为什么要把我们设计成这样呢？为什么让我们忘掉儿时的记忆呢？这该死的失忆症。"

娜允鬼使神差地说出自己脑海中浮现的想法：

"我觉得吧，神可能是一个时间胶囊收集狂。"

"时间胶囊？"

三人不约而同看向娜允。

"难道不是吗？也许到了三十岁左右时，我们就会打开时间胶囊里的信，也就是我们五岁左右时，埋藏在父母心中的信。我们的父母则牢牢地记着我们早已忘记的、曾经稚气未脱，因而更显可爱的所有瞬间。他们会每天凌晨三点起来给我们更换尿不湿，耐心地倾听我们说的跟外星语一样难以听懂的话，不厌其烦地哄逗像个定时炸弹一样不时'爆炸'的我们。甚至，他们连我们玩过的熊娃娃都恨不得记在心里。而时间流逝，当我们成为孩子的父母时，才能真正理解做父母的心情，即一直沉睡的时间胶囊会被开启。"

世琳捧着马克杯，点头附和道：

"邵阳里书厨的客人很多都是以家庭为单位。每次看到那些一会儿吵得不可开交，转眼又和好如初的一家人，我都觉得那是家人之间真情积累的过程。坦白地说，我们原本就是依靠相亲相爱的痕迹活着也说不定。"

"依靠相亲相爱的痕迹活着……哇，闵世琳你这是转行当诗人了？"灿旭弄乱世琳的头发调侃道。

娜允只觉得眼前豁然开朗。重要的不是开马卡龙店还是继续在公司上班的问题，而是认识到自己和别人一样都是备受宠爱的不完美的存在。冬天能把你冰冷的手焐热的暖意、可以让你忍受某些人指责的勇气、能够让你忍气吞声度过一个个充满失败和拒绝的日子，都是因为得到过别人的疼爱才变成了可能。毕竟人不完美，但爱是完美的。

邵阳里书厨里响起轻快的圣诞颂歌，大厅里已经座无虚席。院子里，刚刚跟妈妈一起玩耍的女孩正在跟爸爸一起用胡萝卜制作雪人的鼻子。

※※※

停车熄火后，下车前昭熙对着镜子检查了一下自己的妆容。黑色高领毛衣和银色耳环十分抢眼。昭熙吸口气，调整了一下情绪，然后提着放在副驾驶座上的大型环保袋和小手提包走下了车。车门上锁的咔嚓声和后视镜转动的嗡嗡声仿佛在为她打气。

昭熙轻手轻脚地走进雪花纷飞的邵阳里书厨庭院。虽然是夜晚，但雪中的邵阳里庭院中却充满清晨一样的朝气。越过盖着厚厚一层积雪的庭院大门，两个小小的雪人和用小灯泡装点的梅花树尽收眼底。随后闯入眼帘的是挺立在雪中如同宝石一样闪烁着晶莹光芒的山茶花。突然，昭熙发现自己的耳环形状好像就是山茶花。她不由得露出淡淡的微笑，连一直勒着脖子的围脖也不觉得那么难受了。昭熙像是给自己打气一般做了一个深呼吸，径直朝着邵阳里书厨的大门走了过去。

昭熙出院的那天还是夏天，气候跟现在截然相反。鲜花盛开的八月，办理完出院手续回家的路上，道边绿化带中传来的知了声不绝于耳。哪怕关紧车窗，也无法彻底隔绝那些吵闹的声音。那声音仿佛在不断催促她快点回归到忙忙碌碌、疲于奔波的日常生活。

到家睡了一觉，吃了晚饭，但外面还是跟白昼一样明亮。晚上七点，空气中弥漫着热浪。昭熙穿着灰色无袖高领针织衫出门散步。对于昭熙而言，高领是预示着某个过程即将结束的标识牌。她正在与甲状腺癌诀别。昭熙的脖子和前胸的交界处有一道半月形的手术疤痕。虽然高领盖住了手术后的痕迹，但每次看到挂在衣架上的高领针织衫，她都会不由自主地想起出院时的光景。

买耳环时，昭熙并没有过多犹豫。那是一个晚霞正不断消失的傍晚。在路边的一个小车摊上，她一眼就相中了它。在晚霞的映照下，这对耳环犹如炙热的沙漠中盛开的花朵，娇艳欲滴。这对银色耳环的外观呈盛开的花瓣状，而花瓣的末端微微向内弯曲，将花瓣中央镶嵌的一颗圆形珍珠围在其中。

戴着耳环的自己跟以前的自己是不同的。它更像是一种显露的标志，意味着自己从冰冷的手术室平安回到盛夏的世界。昭熙突然想起这对耳环的形状似乎就是白雪中盛开的山茶花。此刻，昭熙突然有种邵阳里书厨正等待她的到来的感觉。

"呀，昭熙小姐！我还以为你来不了了呢！"

当昭熙扭扭捏捏地走进大厅时，柳真一脸惊喜地快步迎了过来。刚喝完一杯桑格利亚酒的柳真身上散发着淡淡的葡萄酒香味。

书吧内的氛围与昭熙夏天来时相比有着很大的变化。大厅里充满欢声笑语和碗碟碰撞的声音。食物的香味环绕在昭熙的周边，让她紧张的情绪大为缓解。昭熙不由得想起曾经在邵阳里书厨吃过的食物：热乎乎的牛肉萝卜汤、大酱拌饭、用猪肉煮的陈年泡菜汤……每当深夜从噩梦中惊醒，手术的恐惧阵阵袭来时，她总是会不由自主地去想早上吃什么的问题。答案就是昭熙日思夜想的家常饭。不断想着下一个早晨吃什么的问题，她就会再次酣然入睡。

"我是不是来晚了？最近过得还好吗？"昭熙面带

柔和的微笑，说出了心中一直想说的话。另外，她的眼神也在不断传递着信息：

我很怀念这里，尽管我曾在这里度过人生中最可怕和艰难的时光。

也不知是否读懂昭熙的眼神，柳真一脸激动地将对方拉到一旁坐下，然后自己也一屁股坐到对方身旁。她需要一点儿时间，坐下来仔细观察。柳真真的很想问问昭熙，她的病怎么样了，甲状腺癌是否痊愈，但仔细一想，从昭熙的角度上来说，手术成功并不意味所有的事情都结束了，毕竟她也需要一定的时间来调整心态。柳真使劲地点了点头，然后将大型深灰色餐盘推到昭熙面前。

"来，先吃点东西。这么远开车过来一定累坏了吧？"

柳真猛地抬高了嗓门儿，声音一下子压过了周边的音乐声和其他人的说话声。她的声音显得比平时更加激动。昭熙想起那个夏天，在爵士乐音乐节上他们一起欢呼喝彩、与陌生人击掌庆贺的场景。清新的花草芳香和雨滴落在雨衣上的感觉，哪怕夜幕降临也不舍得离开，一起坚守阵地的感动，以及与亨俊、柳真一起在书吧彻夜畅谈的内容——浮现在昭熙的脑海里。

"差点没把我给饿死。在过来的途中，我一直在想我们的厨师又会给我们做什么好吃的。"

昭熙嫣然一笑，从桌子底下拿出一个环保袋，推到柳真面前。

"哇,这些都是书吗?这也太多了吧?"

"听到有多余的书籍会进行捐赠,我特意多挑了几本。嘻嘻。"

柳真脸上挂着一对小酒窝,仔细地打量着环保袋里的东西。半晌,柳真的眼神突然停留在某处,接着抬头露出疑惑的表情。

"这是什么书?"

柳真的目光所及是一本稍微特别的书。这本书的外观呈正方形,而且比普通的书要大上不少。乍一看有点像相册,但从纸张材质上看,又不像装着相片的样子。书的外面包着一层天鹅绒,中间有一个椭圆形的开口,边框是一圈金色蕾丝。总之,一眼就能看出明显的手工痕迹。

顺着椭圆形的开口可以看到里面有一名少女坐在屋顶上望着月亮。屋顶上竖着一个小烟囱,旁边的瓦片是红色的,在月光的照耀下呈现出点点金光,仿佛撒下了一层薄薄的金粉。屋顶的右上方有一个月亮,正对着屋顶上的少女。月亮的形状并不是新月,虽然它缺了个口的样子并不完整,但还是更接近圆月的形状。少女的表情虽然看不真切,但从坐姿和脸蛋角度来看,总体还是很平和的。包装的右上角和左下角各系着一个充满圣诞风格的红绿色彩带,而右上方则贴着一个充满少女风的粉红色蝴蝶结。

"这是我写的第一部童话书。"看到柳真诧异的样子，昭熙一脸羞涩地解释道，"这不是用来售卖的。这是为了纪念曾经在邵阳里书厨一个月的难忘时光，我亲手制作的。当初我来到这里是为了尽情地看书和写日记。不过从下雨的那一天开始……也不知道你还记不记得。总之，那天以后，待在邵阳里书厨期间，有个孩子经常找我说话，还问我要不要一起去冒险。"

昭熙不禁回想起当初在写作工作室，第一次写有关索菲亚的事情时的感受。

"那个孩子的名字叫'索菲亚'，是一名经营月光书店的小法师和书店临时工。索菲亚会从一些来到月光书店的法师的口中了解到关于其他世界的信息，然后穿越时空，从陌生的世界寻来各种魔法书。每当圆月升起的时候，她就能穿梭到其他世界，然后在二十四小时之内返回。不过因为索菲亚做事向来粗心大意，所以做了很久的书店临时工也没能转正。后来在圣诞节前夕某个圆月升起的晚上，一个小偷趁索菲亚不在，溜进了她的书店，还把她打算用来做圣诞礼物的魔法书全给偷走了。至于后面的内容，就需要你自己阅读了，哈哈。"

"啊，真的吗？真是的，你……唉。"

柳真把书紧紧地抱在怀中，眼睛里闪着泪光望了一会儿天花板，然后猛地抱住了昭熙。有些感情很难用语言来表达，也许只有心跳声和婆婆的泪眼能勉强表达吧。昭熙能够感受到猛然拥抱自己的柳真的真心。哪怕是平时很少流泪的昭熙，此时也有些无语凝噎，感觉脖子下方手术疤痕的位置堵得慌。昭熙像是哄孩子一样轻拍着柳真的后背，嘴上却说：

"呀，你连故事都没有看完就开始激动起来了？哈哈。"

"嗯，是啊，也许是葡萄酒喝多了吧，哈哈哈！"柳真眼中含着晶莹的泪花狂笑道。

恰巧，音响中流淌出埃迪·希金斯三重奏的《下雪吧》（"Let It Snow"）演奏曲，对面的餐桌上也爆发出阵阵欢笑声。昭熙笑了笑，走到摆放自助餐的餐桌前，用盘子盛了些焗烤马铃薯和奶酪紫菜包饭。此时，柳真则解开包装上的彩带，小心翼翼地翻开了厚实的书页。

序言

五岁的那年夏天，在月光书店发生的事情，索菲亚至今仍清晰地记在脑子里。那一天，黄澄澄的满月悬挂在夜空中，飘落到云层下面的魔法书店里来了一位客人。随着书店大门被推开，挂在大门上的风铃发出悦耳的声响，索菲亚也闻声抬起了头。

就在此时，排列整齐的书柜上突然出现了

一本从未见过的书。那本书的封面上落着一层薄薄的灰尘,仿佛很久以前就被人摆在那里。索菲亚难以置信地眨了眨眼,盯着那本无耻地鸠占鹊巢的书看了半晌,随后又瞪大了眼睛,因为那本突然出现的书正若隐若现,感觉随时会消失一样!虽说这一切都是在短短三秒钟内发生的事情,但由于搁板的高度跟索菲亚的眼睛高度齐平,所以她的眼睛一直都没有离开过那本书。庆幸的是那本书堪堪保持住自己的形态,到最后也没有消失。

另外,一个刚刚进入的客人在书店内转了一圈之后,最终买走了那本突然间悄无声息出现的书。当天晚上,索菲亚很激动地跟妈妈讲述了这件事情,但妈妈根本不知道她在说什么。

直到二十五年后,这个秘密才真正被揭晓。

"那是我的失误。"

法师学徒爱丽丝姐姐故作淡定地说,然而她的眼角处却笼罩着挫折的阴影。那次原本是客人与他的"人生书"见面的重要时刻,所以法师打算施展人生书出现的法术,但巧的是那时爱丽丝姐姐无意间释放了解除魔法的咒语。最终,还是她的老师急忙释放了让书回归原位的法术,这才阻止了一场意外的发生。当时的爱丽丝姐姐只有九岁，所以大家没有追究她的过错，然而他们不知道的是那只是爱丽丝姐姐身上发生的各种离奇事件的开端而已……

"哇，这书挺有趣的嘛。"不知何时来到柳真身后的亨俊感叹道。刚好取餐归来的昭熙热情地跟他打起了招呼。

"居然还有时间出书。律师小姐，你过得也太清闲了吧？"

昭熙害羞地吐了吐舌头，笑着道：

"一点儿业余爱好而已。每天跟生硬的文章打交道，难免会生出一些想写治愈类文章的念头。"

亨俊坐到昭熙旁边正打算说些什么，不料被突然出现的时佑打断：

"哇，崔昭熙小姐！好久不见。"

"没想到你还记得我。"

昭熙很喜欢时佑的爽朗和一成不变的态度。对于当初万念俱灰的昭熙来说，时佑的声音就像炎炎夏日喝下一瓶碳酸饮料一样，让她感到神清气爽。时佑哈哈大笑着，继续道：

"你是在我们这里投宿了整整一个月的客人，我怎么会轻易忘记？另外，你可是亨俊歌词里登场的那位'最短路径'啊，不是吗？"

"最短什么？"

"喂，哥。你怎么……"

昭熙疑惑地看向亨俊，而亨俊则惊慌失措地想要拦住时佑不让他说，但时佑的话匣子一开就跟打开的自来水水龙头一样哗哗地往外流，哪里能拦得住。

"喂，亨俊，你没告诉他们你作为作词家，参与这次的OST（原声带）专辑制作的事情吗？"

"哥，我都说这件事情还没正式确定……"

"小样都出来了，怎么可能还没确定？你这个人就是太谦虚。我告诉你啊，作为网络社交营销负责人，你这样的态度很不可取。咦，投影仪画面这是怎么了？"

对亨俊一顿狂轰滥炸之后，时佑就像脱缰的野马，一溜烟儿消失在投影仪的方向。昭熙望着呆若木鸡的亨俊笑出了声。亨俊错愕的表情实在是让人忍俊不禁。

"嗯，所以……你写了歌词？感觉挺有意思的。如果有小样，能让我听一听吗？另外，'最短路径'是歌名吗？"

"歌名确实叫《最短路径》。啊！时佑哥太气人了……"

亨俊垂头看着脚尖，露出尴尬的神情。昭熙回想起曾经某个下雨的夜晚，不由得露出灿烂的微笑。柳真早已忘记周围的环境，全身心地投入昭熙写的童话书中。

***

"大哥！我还以为你来不了了呢。"

时佑吵闹的声音在柳真的身后响起。柳真回过神来，下意识地扭头朝身后望去，然后看到时佑嘴角上扬，露出一脸调皮的微笑。她还看到时佑张开双臂，朝自己喊着什么，但从那一刻开始，柳真仿佛陷入了无声的世界，耳中听不到任何声音。她牢牢地将视线固定在门口处，飞快地眨着眼睛。

那里站着一个熟悉的身影。来人正是身穿深灰色羊绒大衣的闵寿赫。如第一次见面时一样，他露出略微羞涩的神情。一看到他熟悉的表情，柳真突然有种自身穿越到曾经某个瞬间的错觉：葡萄酒和咖啡混在一起喝的秋季深夜的二层露台、在星星稀疏的夜空下畅聊的琐事、温暖的栗子带来的触感及湖边的水雾渐渐散去后露出灰蒙蒙天色的凌晨……

柳真缓缓地朝着寿赫走去。寿赫放下手中的白色纸袋，一边脱下褐色手套一边朝时佑和柳真说：

"您订的冰葡萄酒到了。作为饭后甜点，应该是不错的选择。"

寿赫望着仍旧没有回过神来的柳真嫣然而笑。寿赫的声音依然很低沉，修长的手指也没什么变化，但柳真一眼就察觉到对方身上的不同。尽管无法用言语来形容，但此时的寿赫就像是褪去了一层防护膜，显得格外洒脱。时佑乐呵呵地问道：

"咦，大哥，你怎么戴眼镜了？你以前不是不戴眼镜的吗？"

"我想换个方式生活，所以就买了副没有度数的眼镜戴着。记得之前有人向我建议，也许像小说中的主人公一样，换一个身份过另一种人生是个不错的选择。"

"那是什么？……"

寿赫没有做出回答，而是越过时佑看向他身后的柳真。柳真回了他一个心照不宣的微笑。寿赫脱下的褐色手套上的金色圆环在半空中轻轻晃了晃。

寿赫的心中有很多话要对柳真说，但又不知道该从哪里说起。泛红的眼角、冰葡萄酒及雪中的墓碑等场景在脑海中一闪而过。

***

这是母亲去世后，他第一次前来祭拜她。他没有花费多少工夫就找到了母亲的墓碑。坟地周围的草长得不是很茂盛，而且寿赫没有忘却小时候祭祖时祖坟的位置。灰蒙蒙的乌云下，雪花纷纷扬扬从空中飘落下来。寿赫目不转睛地望着母亲的墓碑。自从母亲下葬后，他一次都没有来看望过，就是因为怕来到这里后，情绪会崩溃，忍不住放声大哭。然而当真正站在大雪纷飞的墓碑前，他的心情反而变得无比平静。他发现生与死其实早已被分割开来，根本不用担心会混到一起。雪下得很大。寿赫撑着雨伞，沿着墓园下面的小道原路返回。对面不远处有一名男子正朝墓园走来。寿赫沉浸在思绪中没做他想，却不料那名男子并没有与他擦肩而过，而是直接堵在他面前，使得他被迫停下了脚步。

男人是寿赫的父亲。寿赫惊讶之余，本能地向后退了几步。没有秘书跟随、连雨伞都不打就站在雪中的父亲，让寿赫感到极为陌生。他动了动嘴唇，但不知道该说什么。记得上一次跟父亲说"圣诞快乐"，还是二十多年前。可要是开口说"您来了"，好像也不合适，毕竟这里是亡故之人待的地方。正当寿赫犹豫着说什么好的时候，父亲手中提的葡萄酒突然闯入他的眼帘。虽然装在香槟桶里，只露出软木塞和瓶颈，但寿赫还是一眼将其认出，那是母亲生前最爱喝的冰葡萄酒。

与此同时，寿赫也想到似乎每次母亲听着爵士乐制作苹果派和曲奇饼干，当天晚上吃完晚饭后，父亲都会拿出一瓶冰葡萄酒，跟母亲一起就着苹果派边喝边聊，直到很晚。每当这个时候，父亲的眼神总是像春天一样温和，而母亲则拍着父亲的胳膊，笑得十分开心。直到此时，寿赫才意识到自己记忆中的母亲其实并不完整。母亲制作曲奇饼干固然是为了他和妹妹，但也是为了跟心爱的丈夫享受饭后一杯冰葡萄酒的惬意时光。

在制作曲奇饼干的时候，母亲总是兴高采烈。寿赫一直以为是甜蜜的曲奇饼干面团的味道令她的心情愉悦，但现在看来，那只不过是其中的一个原因。父母的新婚旅行去的是多伦多及其周边的葡萄酒农场，母亲也因此彻底迷上了冰葡萄酒。每次她心情不好的时候，父亲都会买来一瓶冰葡萄酒。冰葡萄酒不仅是他们和解的信号，也是他们爱情的见证。

"爸，你那是……冰葡萄酒？"

默默望着寿赫的父亲闻言低头看向手中的香槟桶和冰葡萄酒。雪花刚落到香槟桶上就融化成细小的水滴消失不见。父亲无言地点了点头，然后微微笑着开口道：

"寿赫，你知道吗？……你的眼睛真的跟你妈很像。"

父亲的声音里隐隐透着撕裂般的痛楚。寿赫抬头看向父亲的眼睛，父亲的眼角微微泛红。寿赫仿佛能听到对方心中鲜血滴落的声音，洁白的雪地上落下深深的思念。寿赫眼中看到的并不是一个死板、生硬的企业家的脸。对方不是他心中那个总是伟岸、冷静、完美的神。他看到的只是一个疯狂地爱上一个女人、为了对方恨不得掏心挖肺的痴情男人的脸。

直到此时，寿赫才明白父亲爱母亲爱得有多深。对于当初没有获得父亲的允许就独自去异国留学时，父亲并没有想象中那样大发雷霆的理由，还有当初因轻信他人而导致上当受骗时，隐藏在父亲愤怒中的那种恨铁不成钢的惋惜，寿赫现在才有了一点儿领会。以前他总觉得父亲喜欢批评自己，但事实上，父亲一直都是以这种厚重、深沉的方式爱着自己。另外，在圣诞节前夕，父亲从寿赫的形象中寻找着自己妻子的影子，毕竟这个儿子如实地继承了自己所爱的女人的外貌及她善良的心地和温柔的眼神……

"臭小子……这都圣诞节了，连个一起约会的女朋友都没有。"父亲盯着儿子的眼睛嘲讽道。

寿赫如梦初醒，急忙走到父亲身边给对方打起了伞。雪花落在雨伞上的声音回响在二人的耳边，听着像是用圆润的笔尖不断在敲打着桌面。

"啊，爸你才是，下这么大的雪，怎么连把伞都没打！"

父亲的嘴角泛起了微笑。寿赫也扭过头，偷偷露出微笑。父亲深深地吸了口气，又缓缓地吐出。一条长长的白气消失在前方的雪地里。

"寿赫，你需要遇到一个能跟你聊好几个小时也不会觉得厌烦的人，她能让你把藏在心底深处的话毫无保留地说出来。这是爸爸我这么多年的感悟。再华丽的时光也会成为过去，再疯狂的热情和喜悦也会有消退的时候，但故事永远不会消失，因为故事会被我们埋藏在心底，所以不会被磨损，更不会碎裂成渣……"

父亲仿佛在回忆自己与妻子的过往，缓缓地闭上了眼睛。今天的风格外地柔和。

***

雪花落在寿赫的褐色手套上，转眼就融化掉，只留下点点水渍。邵阳里书厨庭院里依然飘荡着雪花。寿赫提起放在身旁的纸袋，看向柳真：

"我知道一个很适合喝冰葡萄酒的好去处，你要不要跟我一起？"

被雪覆盖的红杉大道，就像被两行排列整齐的圣诞树簇拥着。伫立在道边两侧的红杉树尽情地伸展着纤细的树枝，而原本光秃秃的树枝上则已经结满了沉甸甸的"白花"。积雪的道路干净得连个脚印都没有，笔直地延伸至远方。路灯的灯光把雪白的树木照成了金黄色。

冰葡萄酒的味道很甜，带着一丝苦涩。由于没有合适的红酒杯，所以他们带的是一对咖啡杯。深红色葡萄酒装在咖啡杯里，看着跟咖啡没什么区别。坐在长椅上，柳真把咖啡杯举到跟眉毛一样高的位置，对寿赫说：

"以前我爷爷经常制作手磨咖啡给我喝。上大学的时候，我爷爷最先教我的就是怎么制作手磨咖啡。他跟我说，人活着总会有品尝到苦味的时候，但即使再苦，也不能忘记苦本身也是一种滋味的道理。比如第一次喝咖啡的时候，人们很难理解为什么要喝这种苦涩的东西，但当我们真正能品出精心制作的一杯咖啡的味道后就会明白，其实人生就像这杯咖啡，其苦涩味道背后隐藏的是另一番滋味。"

寿赫望着手中的咖啡杯，点头表示道：

"是啊。我以前就是一直逃避着人生的苦味。当遇到名为失败和挫折的大山时，也不懂承认和接受的方法。因为这个，母亲去世后，我也一直没有去看过她。"

柳真出神地望着寿赫的侧脸，不由得回想起下初雪时，自己念叨寿赫近况的场景。

"今天，我去祭拜母亲了。几天前是母亲的祭日。从山上下来的时候，我遇到了我父亲。他让我以后找一个能跟我聊得来的女人，还说跟对方聊的故事会永远保留在心底……"

寿赫停顿了片刻，悄悄地对自己说：

现在我已经找到了，找到了一个一起聊几个小时也不会觉得厌烦的人……

二人的目光交织在一起。柳真像是在鼓励寿赫一般，缓缓地点了点头。

雪花纷飞，柳真感觉自己仿佛来到一个巨大的雪球中。寿赫缓缓地道出自己的故事：冰葡萄酒和母亲、延禧洞和外公、朋友的背叛和音乐剧导演的梦想、"咸鱼"般的公司生活和母亲的去世……

柳真也道出了自己心中的故事：竞争意识很强的童年、倦怠综合征和创业、跟原本关系很好的前辈渐行渐远的事情、马耳山云海和日出、在邵阳里书厨的一些琐事……

一片片雪花落到冰葡萄酒中淹没融化。外面虽然刮着风、下着雪，但整个世界却像盖着一层羊毛一样异常柔和。柳真抿了一口冰葡萄酒，说：

"记得有人跟我说过，梅花树在早春开放，它也是春天即将来临的一种预兆。因此，这次我才想到用梅花树来制作圣诞树，因为我觉得圣诞树能给那些想要快点度过人生寒冬的人一些温暖。就像苦涩的咖啡中也蕴含着人生的滋味一样，我也希望它能给人们带来继续挺过新的一年的勇气。"

寿赫的嘴角泛起了一丝微笑。寿赫举起杯子跟柳真碰了碰，杯子发出一阵清脆的声响。柳真望着寿赫的眼睛嫣然一笑。

"圣诞快乐。"

"圣诞快乐。"

当柳真和寿赫坐在红杉大道边的长椅上聊得投入时，邵阳里书厨有几只不知从哪里冒出的野猫，正悠闲地在庭院里转悠。不知何时，风雪停了。月亮冲破乌云的封锁，洒下朦胧的光辉。梅花树上结满了一串串承载着人们的愿望和激情、遗憾和心酸的时间胶囊。缠绕在树上的灯光闪烁着迷离的光芒。这是一个酸甜的柠檬蛋糕味道弥漫在空气里的美好夜晚。

《来小书厨房住一晚》

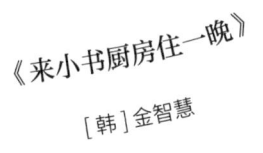

[韩]金智慧

虽然无法确定这样的变化是否可以称之为成长,但可以确定的是一年前的柳真和现在的柳真之间有着天壤之别。

结语

一、星光和风停留的时刻

夏威夷的白天耀眼、华丽、完美。刺眼的阳光让人有种成为超级巨星，在聚光灯的照射下被粉丝们包围的既视感。蓝得不真实的天空，像酒店床单一样雪白的云朵，拍照连滤镜都省去的清新空气，笔直挺拔的椰子树和非常有情调的餐厅……多仁感觉自己仿佛来到了传说中的天堂。

不过多仁更喜欢夏威夷的夜晚。海边的夜晚就像奶奶的怀抱一样令人感到温馨。海浪声透过窗户缝隙回荡在房间里。打开窗户，带着腥味的海风灌进屋内。多仁顺手将被海风吹乱的头发扎好，然后一路来到露台上。伸手不见五指的黑夜，天上看不到一丝星光。晚上十一点，月亮偷偷从乌云缝隙里露了个脸，又立刻逃之夭夭。多仁站在露台边上俯视着海边。海浪不停地撞击在礁石上，留下一圈圈白色的泡沫。

致奶奶

多仁停下来，摸了摸笔杆。此时她的情绪就像一艘顺着激流冲刺的小皮艇一样涌上心头。她的心在呐喊"需要更多的时间"，但再拖下去也没有任何意义。多仁不由得想起来到夏威夷之前在邵阳里书厨看到的那片夜空，于是又抬头看向夏威夷此时的夜空。她能感受到乌云的上方依旧在闪烁的星光。多仁轻轻地叹了口气，然后聆听着涛声，感受着海风，重新握紧手中的笔,仿佛它是联通她和奶奶的电话线……

奶奶,我现在在夏威夷。海浪声就回荡在我的耳边,跟山风刮过山坡时发出的声音很相似。您也知道每次风吹过邵阳里山脚,山上的树木就会像打招呼一样,摇晃着叶子发出哗哗的声响。就像阳光照射在湖面上熠熠生辉,浅绿色、深绿色、黄色、翠绿色的树叶也在阳光的照耀下反射出缤纷的色彩。

我以前最喜欢到奶奶家,听着像波涛声一样的风声,躺在户外地板上睡觉。记得每次我醒来时,奶奶都会坐在我的身旁,要么是在择菜,要么是在剥蒜。不过有时,您也会望着在风中摇曳的树枝发呆,或朝刚睡醒的我露出宠溺的微笑。

海浪声能让我的心情变得平静。即使是漆黑的夜晚,只要能听到海浪声,我也能安稳地入睡:因为我感觉海浪声中蕴含着奶奶的心;因为听到海浪声,我就会不由自主地想起奶奶的侧脸;因为我觉得海浪能把我的心意传递给奶奶。

前几天,我去了奶奶家。这应该是奶奶去疗养院后,我第一次去您家里。那天,我沿着弯弯曲曲的国道,来到邵阳里。听说那里的韩屋很早就被卖掉了,成了邻村的韩屋酒店。就连我小时候玩捉迷藏时喜欢藏身的仓库也不见了。原本奶奶房子所在的地方建了一座新房子。

不过邵阳里的风没有任何变化。听着邵阳里哗哗的风声,我仿佛感觉奶奶在温柔地笑着抚摸我。

对了，那棵柿子树也还在那里。看到它，我就想起了奶奶您为了给我制作柿子干，将柿子穿起来挂在屋檐底下的场景，还有我小时候爬上柿子树摔下来的事情。

那天我望着夜空，感觉曾经的时光在俯视着我。您明白那种在小小的宇宙里游泳的感觉吧？星光仿佛化作了一缕宁静的风，在我耳边窃窃私语。它告诉我自己很幸福，因为相爱的时光成了回忆；它告诉我自己很感激，因为哪怕时光悠悠、岁月匆匆，它也能心系着、深爱着、怀念着某个人。那一定是奶奶的心。

我很害怕跟您道别，因为这意味着我接受了奶奶您已不在世上的事实，也害怕您离开的地方只剩下迷茫和空虚。但这次去了邵阳里之后我才明白，那里残留着很多关于奶奶的东西。比如跟您一起听过的风声，我们在阳光下留下的美好回忆等，从没有消失过。时间就停留在那里，任何时候都可以重复播放。

那里还有新的开始。仓库变成了一间小咖啡馆。看着光滑的基石，我仿佛看到另一种形态的奶奶。以后来到这里的人们也会在邵阳里书厨的温暖氛围下获得安慰和鼓励。在邵阳里书厨看星空时，我总感觉奶奶会化成星光，照耀着那里。届时，邵阳里书厨的书会将人们带入故事的世界里，而那里流淌的歌曲也会让人们感受到自由。

今天，我为奶奶创作了一首演奏曲。里面没有我的声音，没有华丽的技巧，更没有令人心潮澎湃的高潮，却是最能体现我心情的曲子。它就像邵阳里山脚下吹的风声，像夏威夷的海浪声，像夜空中璀璨夺目的星光，是一首想跟奶奶一起听的曲子。好希望奶奶您能听到啊。我是怀着曲子能传递到宇宙的某个角落的心情来演奏它的。

奶奶，我爱您。

奶奶的孙女　多仁

海浪声仿佛在回应多仁写的信中内容一样，发出哗哗的伤感的声响。多仁并没有流泪，因为这个夜晚很平和、很幸福、很温暖，没有伤心可以落脚的地方。多仁打开自己录制的钢琴演奏曲小样，但听着听着就睡着了。这一觉，她睡得很安稳，就像睡在奶奶的大腿上。

二、一年前的今天

随着玻璃自动门打开，前方出现一个巨大的大厅。天花板高度足有十米的一层大厅看着像是一个正方形的灰色盒子，窗边的矮桌和高高的天花板形成鲜明的对比，使得大厅更加空旷。

柳真下意识地紧了紧手中握着的手提包带。背后传来街道上的汽车喇叭声和信号灯等待音及行人的脚步声，柳真扭头匆匆一瞥，华丽的高楼林立的江南①德黑兰路②的风景尽收眼底。柳真做了一次深呼吸，径直朝着大厅走去。

"柳真，这里。远道而来，辛苦你了。"

前辈从窗边的办公桌上起身，朝柳真打了声招呼。坐在他旁边的工作人员也微笑着快步朝柳真走来。

"前辈你也是。姜科长，您也辛苦了。不过你们真不打算做开业活动吗？"

"柳真啊，你这都有点落伍了。现在谁还会剪彩？不仅费钱，还浪费时间。既然是用来看书的空间，只要能好好看书就可以了，不是吗？"

今天是前辈公司的社内图书馆开业的日子。整体布局是

---

① 在韩国，江南特指江南区与瑞草区，均为首尔下辖的行政区，是首尔重要的商业中心、时尚中心，也是韩国知名的富人区。
② 江南区的一条街道，得名于首尔的姐妹城市——伊朗首都德黑兰，聚集着许多餐厅、咖啡馆和办公室。

在一楼大厅的一角用四个七米高的书柜做成墙将整个大厅隔开，然后在内部铺上人造草坪，再用各种植物进行装点，使其看起来像一个庭院。里面不仅有小茅草屋风格的单人座，还有松软的沙发供人们在上面看书。图书的种类有很多，上至量子力学，下至漫画绘本，无所不包，但大都还是以能够让人放松心情的小说、随笔为主。

此时，虽然是上午十点，但公司职员们已经三五成群聚在一起挑选自己喜欢的书或端着咖啡在聊天。前辈、姜科长及柳真小心地观察着员工们的表情。姜科长说：

"经理、职员圈子里对社内图书馆的风评很不错。"

"呀，真的吗？"

"那是当然。用植物进行点缀的主意真的是神来之笔，而且跟图书馆的名字也是绝配。"

闻言，柳真笑吟吟地看向挂在图书馆入口处的"心灵散步"牌子，眼前闪过世琳笑脸盈盈的样子。

"那是我们邵阳里书厨的工作人员出的主意。她希望这里的员工们即使身处首尔中央也能像在邵阳里散步一样，让心情得到舒缓和放松。"

这时，柳真的手机闹钟响了起来。

"请确认一年前的今天的照片。"

点开闹钟后，手持横幅、头发被风吹得凌乱的亨俊和时佑的脸闯入柳真的视野中。照片中，时佑鞭然而笑，而亨俊则保持着他万年不变的"冰山"表情。除此之外，上面还有阳光照进书吧的照片和摆着饭菜的晚饭照片及满天星斗的夜空照片。顷刻间，紧张的情绪消失无踪，只留下淡淡的伤感充满心中。

柳真认真地打量着亨俊和时佑的面孔,因为今天回到邵阳里书厨,她也见不到时佑和亨俊。亨俊作为作词家参与专辑制作,这几个月都会待在首尔,而时佑则难得请了几天假,跟朋友们去旅游了。时佑三天后就能回来,但亨俊要在首尔待到几时,还有专辑制作完后是否还会回到邵阳里,都是未知数。

柳真不由得想起当初刚来到邵阳里书厨时,那个茫然、无知、一窍不通的自己。一年前的起点陌生又尴尬,但好在自己当初担忧过的事情一件都没有发生。也不知是人的功劳,还是那个地方的风水本就很好,总之,原本为了帮助那些内心空虚的人找到慰藉而建立的书厨,反而填补了她内心的空缺。

不知何时,柳真的人生已经翻开新的篇章。在邵阳里的一年时间里,柳真发生了前所未有的变化。虽然无法确定这样的变化是否可以称之为成长,但可以确定的是一年前的柳真和现在的柳真之间有着天壤之别。相信这一点,就算放在时佑、亨俊及世琳身上也同样适用。

柳真发动了车子。她刚与前辈和姜科长吃完午饭,正打算回到邵阳里书厨。一想到回去也见不到时佑和亨俊,柳真的心里就有些失落。经过首尔德黑兰路尖尖的高楼建筑,沿着每天都拥挤的京釜高速公路[①]行驶一个小时左右后,就看到熟悉的蜿蜒山脊。直到进入狭窄的国道,车子开始颠簸起来,柳真才有种回到家的感觉。

---

① 韩国最主要的高速公路,也是韩国第一条高速公路,是贯通韩国南北的交通大动脉。

如今,邵阳里已成为柳真的家。虽然进入三月中旬,但周边的山顶依然被积雪覆盖,山脊下浅绿色的树叶像是朦胧的记忆一样冒出了头。不久后,位于山脚下的邵阳里书厨也逐渐显露出原貌。当人们在生活中遭受打击郁郁寡欢时,柳真希望这里能成为他们的"秘密基地",为他们疲惫的心灵提供片刻的栖息。

柳真将车停好,走进邵阳里书厨。这时,一只白色的珍岛犬[①]摇着尾巴跑了出来。这是一个月前她领养的宠物狗——散步。很快,世琳就大呼小叫地跟着跑了出来。原本世琳是打算带着它去散步,但还没来得及绑上狗绳,它就看到柳真,风一般地冲了出来。从书吧外面看过去,屋内客人们坐在一起看书、聊天,那幅闲情逸致的画面,像极了电影中的某个场景。

这时,一阵梅花的芳香迫不及待地随风飘了过来。盛开的梅花和洁白的雪景交相辉映,散发出甜蜜而清新的香气。太阳尚未落山的邵阳里的天空上悬挂着一轮皎洁圆月,犹如一幅绝美的画卷。

---

① 韩国有名的土狗,是非常受韩国人喜爱的宠物犬品种。

作家感言

某一天，我出差坐夜班飞机回家。在安静的机场候机厅，我无聊地抬头看着月亮陷入思绪中。那一刻，我依稀感受到自己的人生很可能处在岌岌可危的警戒线上。就像此刻我停留在机场候机厅这个国境模糊的空间里一样，我的人生既无法保证在当前的位置稳定地发展，也不敢放开手脚去闯一闯，以至于处在无尽的等待状态中得过且过。

回首自己的而立之年，好像确实跟机场航站楼没什么两样，因为我在人生的警戒线区域逗留的时间比预想的要长很多。事与愿违，我的日程表中经常会有"延误"和"晚点"的事情发生，甚至有时还会出现"取消航班"的情况。整日在结婚、离职、业务、育儿的旋涡中挣扎，没有一天能消停的日子。当大家都乘坐像火箭一样的大型飞机迅速地赶往家里，甚至是优雅而机敏地成功转机，前往其他世界时，只有我一个人始终在排队等候。虽然我表面上看起来很开朗、很乐观，但三十多岁的那段时间，我内心始终处在警戒线的边缘摇摇欲坠。

2020年夏天，我出于各种原因，辞掉原来的工作，转行做专职翻译。新冠疫情的暴发加上辞职的后遗症，让我彻底跟社会脱轨。我迫切地需要连接一个新的世界，于是我开始找各种小说和散文来看。通过读书释放心中的压力是我长久以来的习惯。没过多久，我的内心深处掀起了某种渴望。它与其说是生出想写什么东西的渴望，不如说是不写就难以消除心中的饥渴更为贴切。于是在2021年春天，进入不惑之年的那一年，我开始幻想邵阳里书厨的存在。

从三十岁那年开始，我就一直努力去倾听自己那充满烦恼和纷乱嘈杂的内心，同时渴望拥有一个能让自己的内心得到栖息和慰藉的空间。事实上，我是抱着三十岁的自己能读到这本书的心情，来创作这本书的。回顾自己的三十多岁的时光，寻找记忆中的幸福时光的碎片，也是我创造邵阳里书厨的初衷。在我看来，如果三十岁的我能有幸读到这本书，日后再经历人生中的黑暗时光时，我也许就能更加坦然地去面对了。假如我的孩子们能在他们三十岁的时候看到这部小说，那我想对于我来说，应该没有比这更让人感到高兴的事情了。我期待并祈祷着，自己写的故事能像夜空中的星辰一样，总有一天被我的孩子们所关注到，哪怕这个过程百折千回也无关紧要。

在创作期间，我慢慢地跟邵阳里书厨的登场人物打成一片，游走在故事世界的四季变化中。在描述每个季节的自然变化，面对三十岁人物们各自与春、夏、秋、冬等四季相似的故事情节的过程中，我总是有种自己也活在那一刻和那些季节里的感觉。难以想象每天早晨坐在村子里的小咖啡馆里写小说的过程会是如此愉快。看着自己在马耳山山顶拍摄的风景照，我的脑海里始终徘徊着树林的风是怎么吹的、阳光是怎么照射的等问题。在写小说的时候，我经常在想，要是在夕阳落下、星光闪耀的时间段，能跟心中所思念的人坐在一起聊聊天、吃一顿热腾腾的饭该有多好。而在这期间，小说中的人物们早已悄然相遇，然后一起吃着饭，听着歌，喝着葡萄酒，聊起关于各种书的话题，就连我自己也有一种正在跟他们围坐在一起彻夜畅聊的错觉。

写第一部小说的过程，对我而言是一个十分幸福的过程。我从未想过会有人看我写的小说，所以此时我的内心十分激动和紧张。不过在我看来，只要我在写这本书的过程中所感受到的幸福能够有一丝传递到读者们的身上，我写的故事就不算失败。

真诚地希望大家能够望着闪烁的星星而感动，听着夏天的雨声给自己的知心朋友打去一通电话，望着秋高气爽的天空能想起曾经爱听的歌曲。如果这本书能够唤醒某些人心中沉睡的温暖回忆，从而让他在面对无奈、憋屈的现实时，想起像春天的阳光一样暖心的歌曲、故事及熟人就再好不过了。希望你停留在人生机场候机厅里时生出的焦躁、不安的情绪能在这里得到短暂的缓解，从而获得离开警戒线的勇气和力量。

春天和夏天的某个阶段

在书厨的某个地方